天童荒太作品

永远的仔
5 言叶

永遠の仔（五）言葉

〔日〕天童荒太 著
朱田云 译

人民文学出版社
PEOPLE'S LITERATURE PUBLISHING HOUSE

著作权合同登记号　图字 01-2021-1822

Original Japanese title: EIEN NO KO 5. Kotoba

Copyright © Arata Tendo 2004
Japanese paperback edition published by Gentosha Inc.
Simplified Chinese translation rights arranged wih Gentosha Inc.
through The English Agency (Japan) Ltd.

图书在版编目(CIP)数据

永远的仔.5，言叶/(日)天童荒太著；朱田云译. —北京：人民文学出版社，2021
（天童荒太作品）
ISBN 978-7-02-016828-6

Ⅰ.①永…　Ⅱ.①天…　②朱…　Ⅲ.①长篇小说—日本—现代　Ⅳ.①I313.45

中国版本图书馆CIP数据核字(2020)第253094号

责任编辑	卜艳冰　陶媛媛
封面设计	钱　珺

出版发行	人民文学出版社
社　　址	北京市朝内大街166号
邮政编码	100705

印　　制	凸版艺彩(东莞)印刷有限公司
经　　销	全国新华书店等

字　　数	154千字
开　　本	787毫米×1092毫米　1/32
印　　张	6.75
版　　次	2021年12月北京第1版
印　　次	2021年12月第1次印刷

书　　号	978-7-02-016828-6
定　　价	50.00元

如有印装质量问题，请与本社图书销售中心调换。电话：010-65233595

目录

第十四章　一九八〇年春　001

第十五章　一九九七年初冬　061

终章　一九九八年早春　167

谢辞　189

致读者的报告　193

文库版后记　195

主要参考文献　205

第十四章

一九八〇年春

1

养护学校分校的图书室位于二楼东侧的角落。

下课后,优希悄悄地走上无人的楼梯,来到图书室。

图书室里没有暖气,冰凉的地板令寒意透过鞋底传至全身。

二月三日,濑户内海沿岸落下了入冬以来的第五场雪。即使如此,今年也算暖冬。

优希原定一月中旬出院,现在却被告知要延期,周末的临时回家也被叫停。

在家过完新年回到医院后,她每次接受心理咨询时都一言不发,甚至拒绝接受心理检查;小组会上,只是坐着,不再主动说一句话;饭也总是吃不完。

"你再这样下去,春天可出不了院。你不是马上要上中学了吗?"见优希和上次一样闭口不语,连小野都有些焦急。

优希想起之前雄作提过她上中学的事。

过完年,雄作和志穗每周都来医院看望优希。得知优希情况突变,志穗始终保持沉默,雄作则一副担心状,唠叨个没完。

雄作告诉优希,如果她在春天前能出院,当地教育委员会同意她进入一所公立中学。

"没争取到私立学校,真的有些遗憾。本来按我们优希这么好的成绩,肯定能进私立。"雄作不甘心地说道。

其实对优希来说,私立、公立都无所谓。

她感觉入学季的四月对自己而言是一个遥不可及、永远不会到来的未来,甚至觉得自己根本没有未来。

现在她能切实感受到的只有雄作到来时所引发的不安,却并非对雄作的存在或行为本身感到惶恐,而是因为不知道长颈鹿和鼹鼠会对雄作采取什么行动而感到心慌。

二人已经对优希说过很多次:"干掉那混蛋!"还说,那么做也是为了拯救他们自己。

"为了拯救我们仨,一定要干掉那混蛋!"他们一遍遍地重复着,却像是为了说服自己。

优希没提出反对。从他们提出这个计划的那天起,她一直没能说不。因为她觉得如果反对,就等于原谅了父亲的行为。

其实对于"杀人"这件事,优希没有太多的切身感受;但她觉得如果原谅了父亲,自己就会变得更丑恶、更肮脏,而且这种感觉已经强烈到了令她难以承受的程度。

不过,长颈鹿和鼹鼠到底要采取什么行动?这一个月来,他们从未具体说明。

今天上课的时候,他们约优希在下课后、小组讨论会前的那段自由时间里去图书室。

见二人按捺不住的模样,优希有一种不祥的预感。她不想赴约,更不想听到可怕的计划,可最终还是忍不住去了。

说是图书室,其实不过是一间摆了几个书架的普通教室,并无阅览处,孩子们都把图书借回病房看。图书室靠门口处摆着一张书桌,上面摆着一支笔和图书出借记录簿。想借书的孩子只需在记录簿上写下书名、登记编号、自己的病房楼号和日期即可。

不过这里没有漫画书,只有各类词典等有助于学习的书,还有一些地方资料。小说类的只有学校指定的图书或儿童文学选集。也有画册和摄影集,却没有足以吸引眼球的作品,所以孩子们大多没什么兴趣。

个别爱看书却需要卧床的患儿会拜托护士来借书。

因此这里平时几乎无人滞留。

优希走进图书室,小声问了一句:"在吗?"

"这儿呢。"优希听到一个压低音量的回复,但因为有书架挡着,所以从图书室门口没能看到人影。

优希朝里走去,发现长颈鹿和鼹鼠正蹲在最里面的墙角,胸口贴着膝盖,并肩蹲在地上。

"在干吗呀?"优希问。

长颈鹿抱着膝盖瑟瑟发抖:"冻死了。"

鼹鼠也搓着手说:"这儿太冷了。"

长颈鹿穿着常穿的那件红色短夹克,鼹鼠也是老样子,穿着蓝色防风衣。

不像优希,外套里面还有毛衣,这两个人里面穿的还是夏天的短袖衫。

病房和教室里都有空调,孩子们平时连毛衣都不用穿,但图书室里确实很冷。

"换个地方吧?"优希说。

"不行。"长颈鹿摇摇头。

"在别的地方没法说那件事。"鼹鼠神秘兮兮地说。

"那件事?"优希立刻意识到自己的预感对了,恨不得立刻逃走,可还没等她迈步,鼹鼠开口问道:"外面没别人吧?"

长颈鹿跑出去看了看,回来后小声报告:"没人。我把笔记本搭在了门顶,要是有人进来,笔记本就会掉下来。"

"好!开始吧!"鼹鼠切入正题。

优希在二人期待的目光下,面对着他们蹲了下来。

"我们一直在想,具体怎么干……"鼹鼠开始说明。

他们已经想过各种方法。

比如用绳子勒脖子、用刀捅、投毒、给汽车的刹车动手脚。

"方法要多少有多少,但是……"鼹鼠有些无奈地说。

他俩越讨论越觉得,两个孩子对付一个成年男人,真的没那么简单。

最重要的地点问题。

"只有当他来医院的时候,我们才有机会动手。"长颈鹿插嘴。

"我们得偷偷接近他……但这几乎不可能。"鼹鼠摇摇头。

只能放弃了——优希松了口气,但立刻又觉得胸闷似火烧,好想放声大叫:那该怎么办?!

优希看着二人,心情复杂又矛盾。

鼹鼠把一本厚厚的大书摆在优希面前。

是一本摄影集,书名为《众神之山》。封面上,一座险峻的高山赫然跃入优希的眼帘,巍然耸立的山峰穿过暗红色云层,山顶附近,风起,雪飘。

"我和长颈鹿在电视上看到了有人在山上遇难的新闻。即使是距离城镇不远、海拔并不高的山,也会因浓雾而看不清脚下,失足坠崖。于是我们想到……"鼹鼠说。

长颈鹿翻开摄影集:"我和鼹鼠找到这本关于山的书,才知道原来日本各地都有被称为神山的地方。"他说着,翻到下一页,全国各地的"神山"照片立刻吸引了优希。

每座高山都非常雄伟、壮丽,散发着一种神秘莫测的气场,同时又给人以温和亲切的感觉。

长颈鹿停下手，被翻到的这一页上写着："四国地区 石槌山"——连绵的低矮群山间突兀地蹿出一座尖顶高山，直冲云霄。左右两页各有一张分别摄于夏季和冬季的摄影作品。

夏天，除了山顶附近裸露着粗糙的岩石，整座山都被浓绿覆盖，山腰因白雾缭绕而若隐若现。

冬天，山顶被白雪覆盖，绿木皆若冰树。整座山宛如毛色纯白的野兽，纹丝不动地蹲踞于昏暗的天空下。

"八号楼即将出院的孩子每年春天或夏天要去爬的就是这座神山。"长颈鹿说。

"你说过想去爬，对吧？"鼹鼠问。

优希点点头。

照片边上的标注为：西日本最高峰。

"图书室里还有收录了登山感想的文集。"鼹鼠说。

"文集？"优希看看二人。

"是爬过这座山的人写的。毕竟不是去游玩，据说爬山回来都要写感想。"

"收集成册后就是这种。"

鼹鼠把一本周刊杂志大小的册子摆到优希面前。

之后又叠上第二、第三册。每本封面都是手绘的高山图，写着"灵峰"两个大字，看着像是文集的名字。封面的一角写着年份、春季或夏季的标注。

"里面还收录了一同参与爬山的家长所写的感想或书信。"鼹鼠说。

"你们都读过了？"优希问。

"读得可辛苦了！"长颈鹿有些不耐烦地故意皱起眉头，"光鼹鼠解释说："我们仨必须争取在三月底前确定出院，不然没法一起去爬山。这是执行计划的前提。"

"没那么容易吧？"长颈鹿小声嘟囔道。

鼹鼠点点头，继续对优希说："虽然不容易……但你之前为了爬神山不是努力过吗？"

"和之前一样就行了吗？"优希的语气更像是在问自己。

长颈鹿逞强地挤出笑脸："我们一定可以出院！"

鼹鼠也露出和长颈鹿一样的笑容。

突然，"砰"的一声，笔记本落到了地上。图书室的门被人推开。

三人赶紧屏住呼吸。长颈鹿合上摄影集，鼹鼠抱着册子，优希跟在他俩后面，一起悄悄地离开了图书室。

优希借走了那本神山摄影集，带回病房后，翻看了一遍又一遍。

这天傍晚，优希把晚饭吃得干干净净。

晚饭后，因为是立春的前一天，食堂有撒豆的民俗活动。

优希的同屋蜉蝣装病没去，不屑一顾地说："傻瓜才去！"优希则选择了积极参与。

活动上，优希一边把黄豆撒向戴鬼面具的护士，一边叫着："鬼出去！"再把豆子撒到自己身上说："福进来！"

第二天的心理咨询，优希准时来到诊室。

"昨晚的撒豆活动怎么样？"小野漫不经心地问，似乎并不期待优希回答。

"非常高兴！"优希积极地回答。

小野一愣："是吗？活动上都干了什么？"

优希向小野汇报了昨晚在食堂里撒豆的情况,还说看到扮"鬼"的护士被撒中豆子后不停乱逃,那样子太滑稽,很好笑。

从小野细微的表情变化中,优希看出,他对自己的回答非常满意。

接着,小野又提了很多问题。优希虽然没能全部回答,但至少都给出了反应。

到了结束时间,优希离开诊室时,小野笑呵呵地说:"像今天这样很好,以后我们多聊聊!"

"好!"优希清楚地回答。

2

长颈鹿和鼹鼠都很清楚,比起优希,他们出院的难度更大。

二人在症状方面都没什么大问题。

长颈鹿与以前相比,没那么易怒了。

别人嘲笑他身上的疤痕这种事,只要不和他人一起入浴或游泳就不会有问题。

害怕看到女人抽烟的症状,现在的他可以做到闭上眼睛或背转身,或直接离开。

如果想发火,他会让自己先在脑海里想象明神山上森林里的大樟树。

如果想破坏眼前的物品或想虐待大家喜爱的小动物,他会强迫自己去回忆三个人手牵手环抱大樟树的情形以及在洞穴里彼此鼓励的话语。

以前,他必须借闹事才能发泄或甩掉冲上脑门的恐惧、憎恶或焦躁；而现在，他可以很自然地平静下来。

鼹鼠也一样。现在的他，在稍微昏暗的地方也可以一个人待下去；哪怕是狭小的房间，只要有一颗小灯珠的亮光，他就不致陷入惊恐。

以前的鼹鼠光是想象一下黑暗都会吓到晕厥，失去意识，用来对抗恐惧的方式总是向比自己弱小的对象施加暴力，把对方先困入黑暗。

而现在，即使依然会有那样的冲动，但只要一想到三个人在明神山森林里的洞穴中对彼此说过的话，就能减轻恐惧感，勇敢地接受现在的自己。

长颈鹿和鼹鼠在心理咨询时都能做到开口交谈，在小组讨论时甚至能自信、大方地开玩笑。

然而，无论自身症状好转到何种程度，有一件事，他俩实在无能为力。

长颈鹿非常仿徨。

父亲接他回去的可能性能有多大？

多年不见的母亲有可能突然提出想和他一起生活吗？

母亲至今连一封信都没寄给他。

长颈鹿一直安慰自己说，母亲一定是因为太忙，但总有一天会来接自己。不过当听说其他孩子也都对父母怀有同样的期待后，长颈鹿清醒地意识到，自己的愿望不过是一种愚蠢的幻想。明明已经认清现实，他还是会奢望自己的母亲和别人的不一样。

如今，他很清楚，母亲绝不可能在四月前把自己接回家。

怎么办？怎样才能按时出院？一番纠结后，他的脑海中浮现出叔叔和婶婶的身影。

现在的他还无法想象自己成为他们儿子的情形。一方面是对这件事有抵触情绪，但更主要的原因是他完全瞧不上叔婶。

叔叔不帅，婶婶不美。两个人的个子都不高，而且穿着老土，配饰寒碜，整天弯腰驼背，只会傻乎乎地笑，话都说不清楚，也没什么擅长的运动，全无自信或风采可言。如果做了他们的儿子，一定不会有人夸赞或羡慕地说"你老爸真帅"或"你妈妈真漂亮"。

总之，他们与长颈鹿心中理想的父母相差甚远。

可是，真的没时间了。

二月中旬的一天，趁病房里没别人，长颈鹿找鼹鼠商量。

"也算是个好办法。"鼹鼠说。

长颈鹿气不打一处来："当那两个人的儿子算什么好办法？"

鼹鼠困惑地问："你希望我反对？"

长颈鹿一时语塞："那倒不是……"

"你的亲生父母不会来接你出院，更不会和你去爬山……没时间了。虽然长得不怎么样，但我觉得他们都是好人。"

"你在嘲笑我，是吧？反正又不是你自己的事……你笑话我找那种人当父母！"

"我没有！"

"住口！"长颈鹿猛地一撞，将鼹鼠推倒在地，然后冲进厕所，一脚踹开单间的门，抄起打扫用的拖把，想砸向镜子。

"有泽！你干什么？"闻声跑来的男护士大喝一声。

"滚！"长颈鹿吼着举起拖把。

"你想被关禁闭？"男护士喊道，"还想扣分？"

如果真被关了禁闭，出院的时间肯定会被推迟，更别想去爬山——想到这里，长颈鹿赶紧放下拖把，小声嘟哝着说："我打算拖地。"边说边背对男护士，"厕所太脏了，看着难受，我只是想打扫一下。您可别说什么关禁闭的，吓死我了。"长颈鹿说完，装模作样地拖起地来。

"要拖就认真点儿！"

长颈鹿使出全力："这样总行了吧？"

拖完地，长颈鹿甩手扔掉拖把，走到水池边拧开水龙头，用冷水一个劲儿地扑脸。

弄得满脸湿哒哒的，也完全不去擦拭，愣愣地盯着流进排水口的水。

"长颈鹿……"有人关心地叫了一声。

长颈鹿扭头一看，门口站着的不是男护士，而是鼹鼠。

"要是你现在开口，我一定宰了你……"长颈鹿喃喃地说，不看鼹鼠。

鼹鼠又在厕所门口站了一会儿，然后默默走开。

这天夜里，长颈鹿做了一个梦——

父亲坐在他对面，右侧是母亲，已经死去的奶奶在左边，三个人正围着餐桌有说有笑地吃饭，看起来都很开心。

问题是——看着他们仨的自己在哪里？……那三个人似乎完全看不见自己。

"我在这儿！"长颈鹿大喊。他们仨仿佛完全听不见，反而笑得更大声。

"咱们不要那孩子了！"父亲开口说。

"他不在反而更好！"母亲附和道。

"这样全家才幸福!"奶奶重重地点头同意。

长颈鹿撕心裂肺地喊叫着,三个人却依旧充耳不闻,继续欢声笑语,享用着佳肴。明明有一个空位子,可谁都没朝那里看一眼。

长颈鹿被自己的哭声惊醒。

他躺在病床上,隔着帘子判断同病房的其他人应该都在熟睡状态。

长颈鹿坐起身,双手抱膝,这才发现自己满脸是泪。

他用手背抹去眼泪,压低声音,撂下一句狠话:"是我不要你们!"

第二天一早,长颈鹿找到小野,说希望联系叔叔婶婶。

鼹鼠觉得麻里子不可能接自己出院,因为户籍上的继父一定会反对,所以唯一的出路是,自己被送去叫做"养护设施"[①]的机构。

可他不清楚如何才能被送进去。他曾特地跑去图书室查资料,结果只找到一本书,上面简单地提到几行字,而且完全没写作为孩子该如何申请,只写着"完成各项调查、诊断、手续后,必须由家长签字同意"。

麻里子怎么可能同意?

她最害怕被当作"失职的母亲",自欺欺人地认为,暂时分开生活是因为鼹鼠生病,不得已而为之;鼹鼠怕黑、发疯闹事,也都因生病之故。她宁愿把鼹鼠送进医院也不愿意送他去福利机

---

① 据《日本儿童福利法》中第41条规定而成立的儿童福利设施,专门接收没有监护人或被虐待的儿童,对其进行养育和保护。

构，这是她最后的自尊。

所以，鼹鼠只能思考出院后既不去福利机构也不和麻里子一起生活、自己一个人过的办法。

他想去求麻里子对医院撒个谎，说出院后会负责抚养，但实际上是他自行去找一份包吃包住、送报纸的零工，过阵子再去考个资格证，一个人应该能活下去。

长颈鹿联系叔叔婶婶的同一个晚上，鼹鼠咬牙给麻里子上班的酒吧打了个电话。

接电话的是一个年轻男人。

鼹鼠有些犹豫，故意用较粗的声音问："麻里子在吗？"

"你是哪位？"对方停顿了一下，语气有些怀疑。

"我是她朋友。"鼹鼠回答。

等麻里子来接电话的这段时间里，听筒里传来了酒吧的歌声、麻里子与客人们觥筹交错的欢闹声以及"没有了，我哪有什么男人"的撒娇声，还有渐渐变响的笑声。

一接起电话，麻里子的声音立刻转冷淡、变凶狠："不是跟你说过不要往店里打电话吗！"

鼹鼠顿时吓得把之前想好要说的话全忘了。

"你想干吗？"麻里子的声音焦躁又粗暴。

鼹鼠勉强挤出一句话："我想出院。"

"说什么混账话！"

鼹鼠怕麻里子立刻挂电话，连忙解释："出院后，我会养活自己，找一份包吃包住的零工打，一个人过……"鼹鼠拼命争取机会。

麻里子叹了口气："我会很快去看你的，别再给我打电话了！"话音刚落，电话已经挂断。

鼹鼠没有勇气再打一次。

回到病房，长颈鹿问他："怎么样？"他料到鼹鼠会打电话给母亲请求出院。

鼹鼠一言不发。

因为病房里还有别人，鼹鼠来到走廊上，朝逃生楼梯的反方向，也就是一楼游戏室正上方的晾衣晒台走去。

医院规定晚上不准晾衣服，除了那里，没有别的地方可以让他既能一个人待着，又能呼吸到外面的空气。

晒台的门可以从里面打开。鼹鼠打开门走上晒台。这里是水泥地面，十六平方米左右，包括天花板在内，四周都被金属网包围着。

晒台上没有电灯，但院子里的灯光可以照到这里，走廊里的光线也能通过门上方的窗户透过来，因此比想象中要亮。

鼹鼠绕过用来支撑晾衣竿的架子朝前走去，双手抓住了金属网。

空气冷冽，风声送来涛声。鼹鼠抬起头，透过金属网仰望一轮未满正圆的圆月。

"没戏了？"身后传来长颈鹿的声音。

鼹鼠回过头："我会自己逃走，随便找个地方躲起来，到时候去石槌山和你们会合。

"你知道你在说什么吗？"

"四月五日，我在山顶等你们。"

"你知道石槌山离这儿有多远吗？光坐大巴就要三个多小时。文集上的行程表你也看过吧？巴士只能坐到山的七成高，整座山有一千五百米高。一个人？你怎么去？"

"会有别的观光客或朝圣者，我可以找他们搭顺风车。总会有办法的。"

"见你一个小孩儿乱跑，他们肯定会报警的。"

"那我走路去。一直参加登山疗法，早就练出铁脚板了。"

"你傻啊！高度完全不一样的。"

"我已经铁了心，逃出去，和你们在山顶会合……干掉那混蛋！"

"不可能的。"长颈鹿语气消沉。

鼹鼠生气地低吼道："你想一个人干，是吧？"他抓住金属网使劲摇晃，"你长颈鹿想一个人单干？独享资格？！"

"资格？什么资格？"

"可以……喜欢她的资格、让她喜欢自己的资格！"鼹鼠放开金属网，转身正面直视长颈鹿，"干掉那混蛋等于救了她，就有资格喜欢她，不是吗？"

长颈鹿低下头："也许吧。"

海风越发强劲，涛声更加刺耳。

"谁去推？"鼹鼠终于说出这个困扰自己很久的问题。

长颈鹿没答话。

"谁绕到那混蛋背后出击？"鼹鼠加重语气，又问一遍。

长颈鹿沉默了一会儿，回答说："我！"

鼹鼠也说："我！"

二人互相瞪了许久。

鼹鼠咬牙说道："我一定会逃出去！一个人爬上山顶！"

"谁在晒台上？"突然，晒台的门被打开，一名男护士出现在他们面前，厉声喝道："不知道夜里不准出来吗？在干吗？"

二人乖乖回病房，幸好没被扣分。

从第二天开始，鼹鼠每天都去图书室查阅书籍，想找出一个人爬山的方法。

他始终没能制定出具体可行的方案，可时间慢慢地流逝，二月即将过去，再过一天就是三月。

下课后，鼹鼠不理长颈鹿和优希，一个人钻进图书室——这阵子他总是这样，却一直没有找到有用的书。

快到小组会时间了，鼹鼠赶紧回病房楼，却突然在楼门口看到一个人。

这个穿了毛皮大衣的女人虽然背对着自己，鼹鼠还是一眼认出——是自己的母亲。

"妈……"

麻里子没回头。

鼹鼠觉得有些蹊跷，绕到母亲面前。

只见麻里子左眼戴着眼罩，唇边贴着创可贴，却没能遮住青一块紫一块的红肿。

"不小心从楼梯上摔下来了。"麻里子说话的时候几乎张不开嘴，掩饰地笑了笑，又干咳几声，然后蹲下身。

鼹鼠伸手轻轻地摘下母亲的眼罩，看到她的眼睛又青又肿，完全睁不开，眼皮上还有开裂的伤口。这分明是被人打的。

"畜生……我一定会和他分手……"麻里子张不开嘴，只能从唇缝间挤出声音，又因为疼得厉害，得用手指轻按住嘴才能说话，"咱俩一起过。只有你才是我的亲人。"

鼹鼠没有立刻相信："真的？"

"当然是真的。"麻里子抬起头,露出讨好的表情,"医院给我打过电话,说你最近表现不错,很快可以出院,只要家长愿意接你出去……我对医院说没问题,希望你回家。我俩一起过。"

鼹鼠将信将疑:"医院怎么说?"

"说可以马上给你安排出院前的特别疗程,问我怎么样。我说好啊。四月起,你该上中学了,现在出院刚刚好。我俩从头来过吧?"

"你真的会和那男人分开?"

"都把我打成这样了,还能继续和他在一起?"麻里子愤恨地说,温柔地拉起鼹鼠的手,"到最后,留在我身边的只有你,只有你不会背叛我。我俩一辈子都要在一起哦。"

"骗人!"。

麻里子瞪大了右眼。

鼹鼠冷静地看着母亲:"你肯定还会离开我。每次都一样,只要找到新的男人,你一定会跟对方跑。"

"你胡说什么呀!"麻里子说话一用劲,立刻疼得皱起了眉头,她摇着鼹鼠的手说,"妈妈已经下定决心,再也不找男人了,就和你两个人一起过。真的,相信我。"

鼹鼠故意轻描淡写地提出:"那么……过阵子有纪念出院的登山活动,你跟我一起去?"

"还要爬山?"麻里子当即发问,表达出不乐意。

鼹鼠赶忙解释说:"谁都能爬上去。坐车到七成高的地方,只爬一点点的距离,连八十岁老太太都没问题。"

麻里子怀疑地看着鼹鼠:"什么山?"

"石槌山。"

麻里子皱着的眉头顿时舒展："哦，是灵峰啊，听说有很多朝圣者去。我也一直想爬。是医院组织的？"

鼹鼠按捺住激动的心情："嗯。即将出院的孩子和家长一起从医院出发，坐大巴去。"

"孩子也能爬？"

"登山道很安全，路修得很好，哼哼小曲儿的工夫就能上去。我读了以前爬过那座山的孩子们写的作文，据说完全没有任何危险。这次是在春天爬，还可以一路观赏山樱，应该和赏花游一样轻松。"鼹鼠半真半假，连哄带骗。

"那么容易就能爬上去，还会灵验吗？"

"所以才叫做神山呀。只要爬上去，神明一定会倾听你的祈愿。如果你真的想和我一辈子待在一起，你就爬上神山，向神发誓。"

麻里子觉得好笑："你小子这么喜欢爬山？莫非别有目的？"

鼹鼠慌张地猛摇头："没有啊！只不过一直以来都在接受登山疗法，所以想挑战一下更高的山峰，看看自己行不行。是你说要从头开始的，那就去爬神山，净化身心……"鼹鼠说完，屏住呼吸，等待麻里子的回答。

麻里子想了一会儿，终于双手拍拍鼹鼠的双肩："好！去爬！爬上神山，把所有的不开心统统扔掉！"

"真的？"

麻里子点点头："店里的客人们也常说，应该去爬一次石槌山。什么时候去？"

"四月五日。那时候一定还可以在山上听黄莺歌唱。"

"不能过夜哦，我还要上班的。"

"当天来回。早上出发，在山上吃午饭，傍晚回来。"

"行。"

"不许骗人，拉钩！"

"你妈妈什么时候说话不算数？"麻里子一脸认真地说完，马上哈哈大笑，"好像一直都不算数，是吧？"

鼹鼠也跟着笑。

"行！拉钩！"麻里子说着，用自己的小指钩住鼹鼠的小指，晃了好几下，"要是妈妈骗人……等我老了，任你折磨，让我变成傻子，没人管。"

"不要！你挑好事说，行吗？"鼹鼠噘起嘴。

麻里子仍钩住鼹鼠的手指："那你也得保证，要是妈妈说到做到，你得给我养老送终，不许有了女人不要娘。拉钩上吊，一百年不许变！"麻里子钩住鼹鼠的小指，晃了三次才放开。

这时，病房楼的大门开了，一名护士探出头来朝鼹鼠招招手说，小组会已经开始，让他赶紧进去。

麻里子把脸贴近鼹鼠的脸："我再去找医生，拜托一下你出院的事。"

鼹鼠激动得一时语塞，一个劲地猛点头。

跑进病房楼，进入小组会之前，鼹鼠忍不住又回头看了一眼母亲。虽然戴着眼罩，贴着创可贴，但今天的母亲看起来特别美丽。

以前，母亲每次让鼹鼠当着别人的面叫她妈妈的时候，他总是很反感，坚决不叫，可现在，他忍不住叫了一声："妈妈！"

麻里子不停地眨着右眼。

"妈妈……谢谢你！"鼹鼠有些害羞地朝母亲举了举小指，然后转身跑进小组会。

3

从三月的第一周起,优希开始接受作为出院准备工作的特别疗程。

不止优希,长颈鹿、鼹鼠,还有另外几个孩子也都参与了同一个疗程。

长颈鹿和鼹鼠曾告诉过优希,每年四月,新学期开始前,出院的患儿总会比较多,特别是即将毕业的孩子,比起夏天或冬天,总有更多人获得出院的批准。

隔壁床的蜉蝣也对优希说过同样的话。但她故意表现得时好时坏,这样既不会被带回家,也不会被送去管理严格的精神病院等机构。她还说过,与其被送回家,不如一辈子待在这里。

蜉蝣盯着优希的脸问:"你也和我一样,对吗?感觉快能出院的时候,反而想故意闹一下。"

"我要出院。"优希斩钉截铁地回答。

为出院作准备的特别疗程,从每个人为自己制订行动计划表开始。

计划表分为每周计划和每月计划两种,还要把每日计划写在笔记本上,提前交给主治医生。每天就寝前,自我评价当天是否完成了计划,第二天把次日的计划和前一天的自评一并上交。

最近的小组会都由即将出院的孩子轮流担任主持人。主持人首先发言,讲述当天发生过的事情和自己的感受,然后请其他孩子参与讨论,并提醒比较吵闹的孩子保持安静。主持人的任务是努力让小组会顺利举行。

如果在这样的压力下,依然能保持正常的身心状态,就能被判定为够资格出院。

优希的特别疗程进展得很顺利。小野和护士们对她的表现评价都很高。

长颈鹿和鼹鼠也作好了出院的准备。

"越是这种时候,那帮家伙的诊断标准越宽松。"长颈鹿耸耸肩,表示不屑。

"他们是故意的,想让更多的孩子出院。不过到了五月,据说一半的出院者又会被送回来。"鼹鼠歪了歪脑袋补充道。

最近,加入出院前特别疗程的孩子越来越多。到了三月中旬,八号楼已有将近一半的孩子准备出院。

三月十九日,优希被叫去诊室。除了小野医生,水尾主任也在场。

三天后,即将举行毕业典礼,医生要优希在毕业典礼结束后回家住一天,并利用这一天写一篇作文,题目是自己出院后的抱负和目标。这算是最后一次作业。

医生还给了优希一份参加四月五日登山活动的同意书,要优希转交家长签字。

纪念出院的登山活动要求至少有一名家长同行。优希从家里回到医院时,必须提交同意书和按参与登山人数应缴纳的大巴费用等。

在优希之后,长颈鹿和鼹鼠也被叫去诊室,也拿到了同意书等材料。

三个人在净水塔前看了看彼此的同意书——不过是薄薄的一张纸,只需要填写地址和姓名。

不过优希觉得,这是一张特别许可证,或者说是一份不可抗拒的命令书。

净水塔后的白梅已经盛开，散发出甘甜的香气。

三个人并肩绕到体育用品仓库的背面，眺望大海。

在春日阳光的照耀下，海面看起来很是亮眼。海潮的香味并不浓烈，大浪淘沙声传入耳中，沁入心脾。如果可以，他们真想永远站在这里一起看海。

不知为何，优希忽然泪流满面。因为觉得难为情，她没敢看长颈鹿和鼹鼠。不过从他们的呼吸声中，优希能听出他们也在哭泣。她没有看他俩，一直凝视大海。

三月二十一日，养护学校双海医院分校举行了毕业典礼。

所有小学六年级和初中三年级的学生汇聚于小礼堂，在老师、医疗人员及家长的注视下，被授予毕业证书。

即使是得了慢性病的孩子，只要是小学六年级的，哪怕不知何时才能出院，也都被授予了小学毕业证书。从四月起，他们将继续在这里的中学部就读。

双海医院接收孩子的年龄上限是十五岁，这里的养护学校也只教授小学与初中课程。即使没能恢复到足以出院的状态，只要过了初三的年纪，也只能被转去别家医院。

而对于有幸康复、如期毕业的孩子，众人依然很担心他们能否适应从四月起的新生活。因此，虽说是毕业典礼，但大部分人的脸上并没有喜笑颜开的表情。

八号楼的小学六年级学生中，只有优希、长颈鹿和鼹鼠三个人毕业。

曾经与他们同班的患拒食症的蜥蜴、患强迫症的响尾蛇早些时候已经出院。据说蜥蜴是因为康复了才出院的，但响尾蛇是因为症状加重而被转去了别家医院。

之后又来过几个六年级的孩子，但他们都没等绰号确定就早早地出了院。其中，很多人并非因为症状减轻，而是家长或他们自己受不了规矩严格的医院生活或登山疗法等治疗方式，主动提出出院或转院。

在毕业典礼上，以病房楼为单位，从小学六年级的孩子开始，依次颁发毕业证书。

"八号楼……"

优希、长颈鹿和鼹鼠被叫到名字后从椅子上站起来，学着其他病房楼的孩子的模样，走向前方的颁证台。

"我们朝校长脸上吐口唾沫吧？"长颈鹿小声提议。

"还是做个鬼脸吧？"鼹鼠跟着说笑。

优希强忍住，才没笑出来。

结果，三人都非常规矩地从养护学校总部校长的手里接过毕业证书。前来参加典礼的家长们都为他们鼓掌祝贺。

长颈鹿的叔叔和婶婶作为家长前来参加了典礼，二人的表情都有些紧张，屁股只沾了半张椅子。优希发现他们的着装和之前看到过的几次都一样——灰色土气的西装与式样过时的女装。

优希听鼹鼠说起过长颈鹿的叔叔婶婶要收养他的事。据说长颈鹿会先在叔叔婶婶家里住一段时间，等彼此习惯、熟络后，再正式办理过继手续。

"长颈鹿根本没考虑过爬完山之后的事，其实我也是……"鼹鼠告诉优希。

优希点点头。她也无法多想爬山之后的事。

第十四章　一九八〇年春

鼹鼠的母亲来参加了毕业典礼。她身穿印着香雪兰图案的黄色连衣迷你裙，外面披着皮夹克，戴着太阳镜。也许是因为硬板凳坐着不舒服，她不停地换边跷二郎腿。

优希听长颈鹿说过，鼹鼠的母亲最近可能会离婚。

"不过鼹鼠根本不相信他妈妈。如果不去爬神山，他肯定什么都不信……"长颈鹿判断道。

优希点点头。她自己又何尝不是？如果不爬上神山，什么都不会相信；爬上神山之前，一切都是虚幻的。

优希朝家长席瞅了一眼，没见到雄作，只有志穗穿着深蓝色套装，妆容也比平时更为亮眼。

毕业典礼顺利结束后，孩子们各自回病房。路上，长颈鹿和鼹鼠走在优希的两侧，嘱咐她回家后"一定要多加小心！"。还鼓励优希："遇到危险的时候，想想明神山森林里的大樟树，想想那个暴风雨之夜，一定会有力量挺过去。"

优希点点头。

三个人和中学三年级的毕业生准备好回家的行李，来到食堂等家长接。因为前一天举行过每学期的期末典礼，获得临时回家过周末许可的其他年级的孩子已先行离开。

毕业生家长在孩子们收拾行李期间被留在小礼堂里，由各自的班主任分别交代今后的注意事项。

与班主任结束谈话后，志穗第一个来到食堂，表情有些僵硬地走到优希面前催促道："走吧。"

优希在长颈鹿和鼹鼠的目送下，跟着母亲往外走。

走出食堂，志穗告诉优希："你爸爸突然受命出差去了大阪，傍晚才回来，所以没能来学校。我们坐五点到柳井港的那班船,他会在港口接我们。"

优希本来还有所庆幸,一听说雄作会去港口接,心头立刻涌上一股莫名的失望。

来到病房楼外,志穗长长地吐了口气,僵硬的表情也稍稍有所缓和。也许是意识到优希在看着自己,志穗有些不好意思地垂下视线:"刚才在病房里,感觉孩子们一个个默不作声地看着我,像在怪罪我,好不自在。"说完这番托辞,她调整一下情绪,笑着说,"祝贺你小学毕业。看你的样子,真的已经好了吧?班主任老师也说,在学习上,你和外面的孩子没什么两样。接下去一定要转换心情,开始新的生活!"

志穗似乎更像是在说给她自己听。

医院大门口暂时没有出租车。虽然只需打个电话,马上可以叫车过来,但开到港口估计要六七千日元。志穗主张:"今天我们走路去车站,然后坐电车去市里吧。"

优希有些担心母亲:"身体吃得消吗?"

志穗笑了笑说:"走路不过二十分钟,没问题。最近我很注意饮食,还常做体操,锻炼身体。"说完,做出一个有力的举臂动作逗优希开心。

优希却笑不出来。

志穗仰望湛蓝的天空:"过年那阵子,因为我自己逞强,结果给你们添了不少麻烦。以前也有过很多次吧……每次我一倒下,你的病情就会加重。"

优希觉得心里堵得难受。她盯着母亲的侧脸。

志穗故意将视线投向远处刚刚冒出嫩叶的山间绿树:"我觉得,只要我好了,我们优希也会好;只要我情绪平稳,我们优希也能保持镇定。所以，我比以前更加注意自己的身心健康。"

优希不明白母亲这番话究竟想表达什么意思。她感到非常混乱，希望母亲继续作出解释，把话讲清楚，但志穗没再开口。

优希跟在志穗身后，二人朝车站走去。

走出医院不到二百米，一辆红色小轿车突然在她们身边停下。鼹鼠的母亲麻里子摇下车窗探出头来，招呼说："上车吧！"

优希闻到一股浓烈的香水味。

鼹鼠坐在副驾驶座上。

"你们也去松山方向吧？我可以送你们一程。"鼹鼠的母亲把墨镜稍稍下压，朝优希抬了抬下巴，"你和我儿子是好朋友，会是同一批出院的吧？"

志穗有礼貌地笑着答复："没事的。"

"没事的？"

"我们坐电车去市里。"

"这儿是小车站，不是所有电车都停，要等很久的。坐我的车子多省事，我可是好心……"鼹鼠的母亲突然意识到什么，表情一下子变得很是僵硬，"原来如此，我懂了。今后在路上碰到，都当作不认识，对吧！"

"不是那个意思……"志穗低下头。

麻里子重新戴好墨镜："不打扰您了！"说完，踩下油门，扬长而去。

汽车开走前的一瞬间，优希瞥见了鼹鼠痛苦、扭曲的表情。

红色小轿车转眼间消失不见。

"我们走吧！"志穗先迈出步子朝前走。

通向车站的国道公路左边是辽阔的大海，右边则是比优希个头稍微高一些的土坡，再上面是铁轨。

土坡上长着问荆①，还有不少开得较早的蒲公英，花色有白有黄。

二十多分钟后，二人来到了小车站。

木结构的小车站里没有工作人员，只在铁轨对面有一家旧杂货铺。

铺子的玻璃门内侧贴着"出售车票"的告示。听说车票可以提前在铺子里买，也可以上车后再补。

车站里贴着时刻表，下一班车将近一个小时后才到。

母女俩刚走出车站，一辆老式的黑色轿车停在了二人面前。

长颈鹿的叔叔婶婶从车窗里探出脑袋，长颈鹿坐在后排。

"上车吧。"长颈鹿的叔叔边说边露出和善的微笑，"你们是去港口吧？我们回香川县，正好顺路，一起吧？"

长颈鹿的婶婶也劝道："请上车吧。"

和刚才一样，志穗带着微笑，低头拒绝："没事的。"

长颈鹿的叔叔和婶婶又劝了好一会儿，可志穗坚持不肯上车。长颈鹿的叔叔最后只好无奈地开车走了。坐在后排的长颈鹿一直转头望着优希，直到再也看不见。

志穗捂住嘴，强忍住啜泣，避开优希的视线，一个人跑进了车站。

小车站没有检票口，进站后就是站台。因为是单线铁路，只有一个站台，上面设有一间带屋檐的候车室。

优希追上去，见志穗坐在候车室里的破旧长凳上，低着头，

---

① 一种小型蕨类植物。

双手掩面。

"可恶……太可恶了……"声音从志穗的指缝间漏出。

优希站在志穗面前,看着她的后脖颈,还有蓬乱的头发,都在微微颤抖。

"我变得越来越可恶了。我……真的是个废人了……"

优希好想大喊大叫,甚至想狠狠地揍一拳眼前这个缩成一团、喃喃自责的母亲。

她听不懂志穗到底是什么意思,却觉得母亲是在怪自己:如果不是因为自己生病,母亲就不会变成这样;如果自己还是以前那个乖小孩,就不至于弄成今天这种局面……

优希差一点儿喊出声,赶紧背过身,强行忍住。

铁路的对面是山坡,再往上稍稍平坦的地方种着山樱花,目前只开了二到三成。

优希听到背后志穗的叹气声。

"这次应该没事了吧?不用再回医院了吧?"

优希既想对母亲发火,又想抱住母亲,哭着对她说对不起——

妈!都怪我!……我是个肮脏的、不值得爱的坏孩子!

"你怎么不说话?"志穗的声音里带着哭腔,"你为什么不对我说'没事的'?医生不是说你已经好了吗?"

优希紧咬牙关,绝不开口。她知道自己一旦开口,必定恶言相向,伤害母亲。

但她其实由衷地爱着母亲,想好好对待母亲,从未有意伤害母亲,也不愿让母亲感到难过。

志穗见优希始终不出声,只得叹气作罢。

公路上没有车辆经过的时候，安静得可以听到海浪的声音。

"我们一起去海里吧。"志穗嘟哝着提议。

大海那边，海鸥在尽情欢叫。

"一起沿着铁路走过去，好吗？"

优希闭上眼睛，努力去回想那夜的高山、森林、大樟树，还有那两个少年。

过了好一会儿，优希睁开眼："不！我要去爬山。"声音虽不高，语气却很坚定。

"山？"志穗不解。

优希面朝山樱花点头说："纪念出院的登山活动，爬神山。"

"好像去年夏天也听你说起过。"

"跟我一起去爬山吧。"优希重重地吐出一口气，看着随处可见红色锈迹的铁轨，"既然您说要去海里……不如一起去爬山吧，可以当作锻炼身体，连老婆婆都能爬上去。如果您能沿着铁轨走去海里，一定也能和我一起去爬神山。"

优希并没有明说想去山上干什么，她是故意不去想这个问题的。

铁轨微微颤抖。循声望去，远远的，一辆列车正在驶来。

优希见一旁的志穗站起身来。

重新将视线转向铁轨——红色的铁锈仿佛近在咫尺，她紧握拳头，再次闭上眼睛。

忽然，她感到后背有一股来自手掌的温热。

"上车吧！"志穗说。

优希抬起头，看见电车已经进站停下。

二人坐着只有两节车厢的电车来到松山市内，接着换乘另一辆电车，在距离港口最近的车站下了车。在车站前的小饭馆吃完午饭，坐上了两点半的渡轮。

今天，太阳的位置比过年那次看到的升高不少。海中小岛上的树木开始萌生绿色，海水的颜色也似乎比上一次看起来更蓝。

下午五点，太阳依旧高挂，二人到达柳井港。

优希刚出港口的检票口，就看到雄作已经在那里等候。他张开双臂，表示迎接。

"真对不起！没能参加你的毕业典礼！但你的中学开学典礼，爸爸无论如何都不会缺席。哪怕是工作日，我也一定会请假参加。"

优希对雄作的话充耳不闻，她根本没想过中学的事。

雄作开车载着母女俩径直朝自家驶去。

开到可以转去外婆家的岔路口时，车子并没有像往常那样变换方向。优希觉得有些奇怪："聪志呢？"

"这次没送他去外婆家。"坐在副驾驶座的志穗稍稍转头对后排的优希解释道，"他四月就升三年级了。反正只有半天时间，试着让他一个人看家。刚才我在医院给家里打过电话，他说没问题。"

优希想起刚才母亲在港口也曾打过电话，不过当时的自己并没有在意。今天不用见到外婆、舅舅和舅妈，这让优希感到松了一口气。

车刚开到家，还没进车库，聪志已经跑出屋子。优希下车后，聪志立刻笑着扑了过来。

一家四口去附近的餐馆吃了晚饭。优希住院前，他们家每个月都来这里用餐。

聪志兴奋得好几次把叉子掉在地上。

吃完饭，服务员端来一只蛋糕，上面用巧克力写着"祝贺优希"。

聪志发出羡慕的欢呼，好奇地问："因为姐姐小学毕业吗？"

雄作说："为了庆祝姐姐出院！"

聪志有些疑惑地皱起眉头："可是夏天，还有寒假的时候，也都说过姐姐很快要出院呀。"

"这次是真的。对吧，优希？"雄作笑着看了看优希。

优希避开雄作的视线，脸朝聪志："巧克力都给你吃。"

"太棒了！妈妈！快切蛋糕！"

回到家，雄作和聪志依然很兴奋，优希和志穗却有些情绪低落。

因为时间还早，在雄作的提议下，全家人围着餐桌坐下。雄作和志穗啜咖啡，聪志舔果汁，优希只喝水。

雄作起了个头，一家人聊着优希的升学、聪志的成绩等话题。聪志时不时地插嘴打岔，笑个不停。

过了一会儿，雄作提议："等优希出院后，来一场久违的全家游怎么样？"

"好啊！好啊！"聪志高兴得从椅子上跳起来，"夏威夷！夏威夷！"

雄作苦笑着摆摆手："夏威夷太远了。我们听听姐姐的愿望吧。优希，你想去哪里？"

优希正发愁不知什么时候该提爬山的事，现在机会来了。

"我想去爬山。"

雄作和聪志愣住。

优希有些着急地说："我以前也说过想去。你们当时不是同意了吗？"

雄作问："你是说……石槌山？"

优希点点头。

雄作皱起眉头："石槌山离家太近了，什么时候想去都能去。难得全家出游，还是去东京吧，或者干脆去远一点儿的北海道或冲绳？"

"我想爬山。"优希打断雄作的话，掷地有声地坚决表示，"我就是想爬山，而且必须这次去！"

雄作困惑地看了志穗一眼。

志穗低头不语。

聪志一脸莫名地看看这个，又看看那个。

雄作干咳了一声："好吧。也对，以为随便什么时候都能去的地方反而容易一直去不成……那就全家一起去爬山吧。"

"我也能去吗？"聪志担心地问。

雄作点头表示同意。

优希却突然大叫："聪志不能去！"语气之强烈，不仅是聪志，连雄作和志穗都吓一跳。

优希自己也吃了一惊，垂下视线，寻找借口："聪志……他还小，爬不了……"

"谁说的？我能行！"聪志不服气地说。

"是啊，一起带去吧。"雄作劝优希，"听说年纪大的都能爬上去。我记得之前医院发的宣传单上介绍过，说登山道修得很好，感觉和郊游差不多。"

"不行！聪志绝对不能去！"优希用力摇头，绝不让步。

"为什么？"聪志抓住优希的手腕，使劲拉扯，"我爬得动！一定可以爬上去！"

优希甩开他的手："聪志会给大家添麻烦，不能带去。"

"我不会给你们添麻烦的！"聪志委屈得快哭了，撒娇地晃着身子向父母求助。

"优希，带他去吧。"雄作劝说。

"不行！不能带聪志！"优希态度坚决。

"为什么？丑八怪！干吗不带我去！"

"聪志，不能说脏话。"志穗批评聪志，声音却虚弱无力。

聪志终于忍不住哭了起来："带我去嘛！你们跟姐姐说带我一起去嘛！"

"优希……"志穗欲言又止，似乎非常痛苦。

"闭嘴！"

这是优希有生以来第一次对母亲如此无礼。她谁也不看，坚持说："聪志肯定爬不上去。去了只会惹麻烦！"

"坏蛋！不让我去，你们也别想去！我一定给你们捣乱！"聪志把脸顶到优希面前。

优希一时冲动，扬起手打了聪志一耳光。

一记干脆的声音响彻耳际。

聪志瞪大眼睛。父母也当场愣住。

优希顿时浑身冰凉，紧接着，又好似火烧般炽热。

聪志"哇"地大哭起来："我讨厌姐姐！我最讨厌姐姐了！"

然后大叫着跑去二楼自己的房间,"砰"地关上房门。

优希全身无力,靠在椅子上,心如刀绞,后悔不已。

"怎么了?优希!你怎么这样对待聪志……这可不像你。"雄作说。

为了不让心痛的感觉持续加重,优希竭力控制住身体与情绪:"总之,不能让聪志去。旅游可以安排在爬山之后,到时候换我留下看家。"

父母一言不发。

"妈!您会跟我去爬山的,是吧!"优希焦躁地发问,声音中充满愤怒。

优希对动手打聪志的自己感到非常生气,对伤害聪志的自己感到极度憎恶。

她又追问了一次:"妈!您会去的!是吧!"

志穗立刻回答:"是。"

优希瞪着雄作,满心愤恨:你知道我为了去爬山,作出了多大的牺牲吗?!

优希咬牙忍住即将夺眶而出的眼泪。

雄作避开优希的目光,低着头说:"行吧……旅游的事,以后再说。"

优希简单地收拾了一下,上楼回自己的房间。

聪志的房门紧闭着。

优希在门外轻声道歉:"对不起。"

回到自己的房间,优希穿着运动服和牛仔裤直接躺到床上,直到天亮都几乎没合过眼。

第二天,志穗把签好字的同意书和爬山所需的费用装进信封，交给优希。

同意书上"参与爬山的家长"栏里同时写着雄作和志穗两个人的名字。

优希内心百感交集。关于爬明神山这件事,之前只敢想象,如今却眼看着即将变成现实。

"你们不用两个都去。"优希喃喃地对坐在餐桌前喝咖啡的雄作说,"爸,你不是工作很忙吗?"

雄作苦笑了一下:"你这是怎么了?明明昨天是你吵着要我们都去的呀。"

优希努力寻找合适的字眼:"可是……身体……吃得消吗?"

雄作觉得好笑:"要说身体,应该担心你妈妈。"

"我没事。"志穗一边准备早饭一边说。

优希本想再说什么,但听见聪志下楼的声音,赶紧闭嘴。

聪志还在生气。雄作安慰他,说等爬山回来,一定带他去旅游。聪志没有搭理,对优希看都不看一眼。

雄作开车送优希回医院。车子驶出家门,坐在后排的优希回头看了一眼自己的家。

正好看到二楼窗边的聪志。二人视线交会的一瞬间,聪志立刻转过身。

优希在渡轮上完成了医院布置的作文。

关于出院以后的目标,她首先写的是:"关于今后的事,我还什么都不确定。"然后又加了一句:"但想要好好疼爱、呵护那个一直因为我而感到寂寞的弟弟。"

优希在心中暗下决心:今后无论有什么好东西,一定都让给弟弟、分享给弟弟。她希望弟弟能获得幸福。只要弟弟开心,自己就能感到欣慰……

回到医院，优希把登山同意书、装着费用的信封以及刚写好的作文交给医生。第二天，优希被小野和水尾叫去诊室。

"希望你从四月起在你老家的中学好好努力。"

优希出院的日子定在四月五日，与登山活动是同一天。在此之前，优希还需继续接受出院前的特殊疗程。出院日当天的安排是：众人坐大巴从医院出发去爬山，当天晚上回医院，收拾行李出院。

长颈鹿和鼹鼠也把同意书和登山费用交给了医生。午饭后，三个人在净水塔前碰头，异口同声地说："确定出院！"

长颈鹿和叔叔婶婶、鼹鼠和母亲一起参与登山活动。

空中飘来悠扬的笛声。三个人抬头看天，只见一只鸢在空中飞翔。

三个人朝北走，去看先前画在墙上的画。

虽说文化节已经过去了四个多月，墙上的画却一点儿没退色。孩子们带着念想、反复涂刷的色彩如此强烈鲜明，大有跃出墙壁之势。

原本这里是位于医院北侧的阴凉地，周围只有白色小楼，风景单调乏味。但自从墙上有了这些画，格调立刻焕然一新。完全不受秩序束缚的色彩与形状交相辉映，无论是阴暗的画风还是悲伤的色调，都仿佛超越了作画者的原有意图，表达出孩子们想要活下去的强烈愿望。

"真不可思议。"长颈鹿站在画作前感慨。他看看优希和鼹鼠，有些不好意思地笑着说："自从下决心要去做那件事……不知怎么的，感觉浑身是劲。"

鼹鼠点头说："我也是。之前无论做什么都嫌烦，现在却会主动去做力所能及的事，而且不再觉得守规矩是痛苦的。"

长颈鹿用头顶住墙："上周末，我去了叔叔婶婶家，自己铺被子、洗碗筷……虽说他们都说不用我做事，但我不做不舒服，浑身不自在。"

"你这么急着想自立？"鼹鼠揶揄了一句，说完，朝二人微微一笑。

优希没笑，专心地在墙上寻找三个人的画作。

她先看到鼹鼠的画——长颈鹿、鼹鼠和海豚在樟树的繁茂蓝水中突破阻力，自在畅游。

接着又找到长颈鹿的画——蜡烛之光。

优希在心中呐喊：让烛火烧得更猛烈些吧！

最后，优希找到自己的画——将墙壁的一端与另一端相连的一条白线。她衷心期盼这条线可以无限延伸下去。

4

一九八〇年四月五日，早上，双海儿童医院上空乌云密布。

天气预报说今天上午山区局部有阵雨，下午转晴。

前阵子，随着登山活动日益临近，优希、鼹鼠与长颈鹿三个人之间越发少言寡语，即使遇见也几乎不说话。特别是长颈鹿和鼹鼠，似乎还吵了架，看上去关系颇为紧张。

昨天午饭过后，三个人偶然碰到一起，优希问二人："你们吵架了？"

他俩都低下头。

"没吵,只是定不了由谁负责。"长颈鹿没好气地说。

"其实猜拳决定也可以。"鼹鼠叹了口气。

至于具体"负责"什么,二人都没明说。

优希猜到了大概,于是没再追问。

五名小学生、七名中学生,一共十二名即将出院的孩子参加本次登山活动。还有五名已出院的孩子也报了名,有的为锻炼身体,有的想重新发现自我,还有的喜欢和大家一起活动,图个乐子。据说夏季的登山活动总有很多已出院的孩子报名参加,有时这部分人数甚至会超过十。

为了保持有规律的生活作息,住院的孩子们和平时一样,六点半起床,七点吃早饭。吃完早饭后服用晕车药等,八点前作好出发的准备。

优希穿着志穗送来的白色运动服,外面套一件露营用的夹克衫,脚上是一双粉色户外鞋,肩上的黑色双肩包里装着毛巾和替换的T恤等。

长颈鹿还是那身平时一直穿的牛仔裤与红色运动衫,外套也依然是那件红色短夹克,只有脚上白色的运动鞋是全新的,而且看起来应该价格不菲。他没对别人明说,但大家都觉得一定是他叔叔婶婶送的。

鼹鼠身上还是那套平时穿的蓝色运动服和防风衣,脚上也还是每次参加登山疗法时穿的旧运动鞋。

二人背的抽绳袋是他们每次参加登山疗法时都会问医院借的那两只。

七点半过后,同行的家长和已出院的孩子陆续来到食堂集合,其中大多数穿着适合登山的服装。

雄作和志穗来得较早，昨晚，他们在松山市内的宾馆里住了一夜。

二人穿着同款不同色、有弹性的运动裤和长袖衫，外面是连帽外套，脚上穿着户外鞋，肩上背着小包和水壶。

志穗为优希准备了装有运动饮料的水壶。

"聪志去外婆家了？"优希关心地问。

雄作苦笑着说："昨天出门前，他还嚷着要跟来呢。"

志穗淡淡一笑："但最后还是贴心地送我们出门，叮嘱我们，还有优希，都要多加小心。"

"真的？"

志穗点点头："真的。他让我们务必转告姐姐：爬山时安全第一。"

优希觉得窝心，同时感到一阵刺痛。

长颈鹿的叔叔婶婶到得也比较早。

二人的登山行头都很老式——下身是灯笼裤，上身是口袋很多的露营背心，还戴着登山帽。双肩包也比别人的大很多，不知情的可能会以为他们要去山上住几天。

时过八点，家长们全部到齐，只缺一人——鼹鼠的母亲麻里子。

和长颈鹿的叔叔婶婶一样住得较远的家长被安排在医院宿舍的空房间里住了一晚，但鼹鼠的母亲家在松山市内，之前说好会早上直接过来。

小野跟水尾商量了一下，对鼹鼠说："没办法，你得留在病房里。"

鼹鼠听罢，立刻脸色发青，肩膀颤抖，看起来好像马上会昏倒或下一秒就要发飙。

优希刚想开口,长颈鹿抢先说:"我们这里有两个大人。"说着,从座位上站起身,看了鼹鼠一眼,对小野说,"让他去吧!"说完,又回头看着叔叔婶婶,"让他跟我们一起,好吗?"

叔叔婶婶有些犹豫,但还是点头表示同意。长颈鹿的叔叔对小野说:"让这孩子去吧,我们愿意照顾他……"

水尾主任代替小野开口回应道:"感谢二位有这份心,但是,让家长和孩子一起爬山并不仅仅是为了安全和便于管理。在我们看来,这次登山活动也是治疗的环节之一,或可称之为'家人疗法'。"

水尾觉得正好借此说明此次登山的意义,于是走上前方的发言台,拍了两下手,请大家听他讲话。

"今天的登山活动并非玩闹。我们当然要愉快地登山,尽兴地活动,但更重要的是要学会与家长同心协力地爬上高山,这是一项意义重大的活动。的确是有不少年纪大的人都爬上去了,但毕竟是海拔将近两千米的高山,绝对不能掉以轻心。如果放松警惕,再安全的地方也有可能发生危险;如果乱来,别以为只会受点儿轻伤;如果不听从领队老师的指挥,甚至可能遇难!"水尾严肃地向大家说明。

食堂里顿时变得鸦雀无声。水尾扫了孩子们一眼,稍稍放缓语气:"当然了,你们一直都在接受登山疗法,体力方面应该没问题,也知道该怎么爬山,甚至可能比你们的家长更了解高山与自然。另一方面,你们的家长也都很有智慧,拥有将你们引向正确方向的力量。所以,如果你们和家长互相帮助,鼓励彼此,就能登上一个人爬不了的高山。希望你们与家人一起站在山顶,确认自己站上的高度；祝愿你们在山顶看到平地上见不到的风景；期待你们与家人为彼此擦汗的时候，都能感受到幸福的成就感。对这个孩子个人而言，确实很可惜，但还有机会。比如今天就有五个孩子是此前已出院了的。他出院后也可以再回来和母亲一同参加我们的夏季登山活动……"

水尾话音未落，鼹鼠已飞奔出食堂。

长颈鹿大叫："等等！"

优希也从椅子上站起身，想追出去。

关键时刻，母亲居然背叛他……一想到鼹鼠此刻的心情，优希感到揪心。

"怎么了？"雄作一把拉住优希的手。

志穗也说："坐下！"

正当优希犹豫着该怎么办的时候，几名男护士在水尾的指示下追了出去。

"坐下！"雄作使劲拽了优希一把。

雄作的用力拉拽让优希一下子没了力气，软软地坐回椅子。

优希突然觉得，也许鼹鼠不去反而是件好事，因为这么一来，山上应该不会发生任何事了……

"大家准备出发！"

水尾刚发出指令，食堂外边传来一个女人的笑声。

"抱歉，抱歉！"麻里子搂着鼹鼠的脖子走进食堂。今天的她没像平时那样打扮得花里胡哨，而是黑色运动衫加牛仔裤，外面披着红色短夹克，头戴一顶白帽子。不过，她运动衫上的花蝴蝶色彩艳丽，脸上也画着浓妆，远远地都能闻到香水味。

鼹鼠的母亲仰视着水尾与小野："对不起，其实我一早就出门了，本来还能提前一小时到呢。但半路上发现自己居然穿着高跟鞋，只能又折返回去，结果来晚了。"她的语气像在撒娇，说得很顺溜，听起来反而像在撒谎；红肿的眼皮泄露了她的睡眠严重不足。

"诸位，对不起啊！"鼹鼠母亲对众人露出讨好的笑容，自己只是动嘴，手却按下鼹鼠的头，让他给大家鞠躬赔不是。

巴士已停在医院门口。

负责带队的有九个大人：八号楼的小野、男女护士各两名、一名自称喜欢爬山的年轻的外科医生、一名院办公室文员，还有养护学校的男女教师各一名。

包括之前已出院的在内，参加登山的孩子共十七名，家长共二十一名。带队的医生、老师加上家长的人数，与孩子的人数比例大致为二比一，确保两个大人管一个孩子。

养护学校的一位男教师事先已和位于七合目的山间小屋联系过，他站上发言台向大家介绍说："今年是暖冬，山上没什么积雪，所以登山路比较好走。虽说是阴天，但不会很热，反而爬起来更轻松。"

小野与护士们又最后检查了一遍，确定无人身体不适后，所有人都坐上了大巴。

水尾送大家上车，再三嘱咐："爬山时一定要小心，千万别出事！"

按照医生的指示，每个孩子都尽量与自己的家长坐在一起。

优希等人坐在大巴的中排。

她与雄作并排坐，隔着过道是志穗和鼹鼠的母亲麻里子，长颈鹿和鼹鼠坐在优希的后排，志穗的后面则是长颈鹿的叔叔和婶婶。

穿便装的护士们坐在大巴前排，手拿麦克风："大家好！接下去是三个小时的巴士观光时间……"她们学着巴士导游的模样，带动大家唱歌、做游戏，活跃气氛。

一开始的小游戏是用知识问答的形式介绍石槌山的标高、土质等地理常识，还有相关的历史知识以及山上常见的动植物知识。

之前已出院的孩子们全都积极响应，麦克风一转到他们手里，个个张口就来，引吭高歌。有的还嫌一首不过瘾，说什么都不肯把麦克风移交给下一位。

一个小时过后，天降小雨，大巴的玻璃窗"叭嗒"作响。

孩子们最先骚动起来，然后家长们也开始议论纷纷。带队的医生、护士、老师们见状，赶紧聚到大巴前排，商讨对策。

片刻后，养护学校的一名男教师拿起麦克风通知大家："等我们到达休息站，会和山上小屋联系，确认情况后再作决定。"

"要是下车后，雨还不停，怎么办……"优希喃喃自语。

雄作说："估计会终止活动。"

优希睁大眼睛看着雄作。

雄作一副理所当然的模样："下雨天，肯定不能爬山了。大家都没带雨具，而且雨中爬山太危险。"

优希将视线转向志穗。

志穗默默地看着窗外。

鼹鼠的母亲打着哈欠："早知道不这么早起来了。"

"不过去看一下，怎么知道不能爬？"坐在优希身后的长颈鹿说道。

"山上的天气和平地上又不一样。"鼹鼠补充说道。

两个人的语气都很强硬。

"能爬还是尽量去爬吧。"温厚的长颈鹿的叔叔说。

"我们也希望最好能爬。"长颈鹿的婶婶也同意。

之后,车内的各种声音混杂在一起。有人不安,有人说要放弃,无论护士们再怎么卖力调动气氛,大部分人都无心捧场。

大巴从平地驶入山区,在山路上越开越高,周围的风景也变了模样——住宅越来越少,田地越来越广,之前感觉很远的群山越来越迫近眼前,越发显得高大。

发车两小时后,众人来到大巴所属公司的营业所停车休息。

孩子和家长们全部下车,有的去洗手间,有的喝果汁。养护学校的一位男教师打电话联络山上小屋。其他人等他报告情况后,商议接下去的行动。过了一会儿,医护人员召集家长,一起商量对策。

优希、长颈鹿和鼹鼠站在大人们的外圈旁听。

"山上小屋的负责人说,上面和这里一样,一个小时前,开始下雨。"

优希握紧拳头。站在她两侧的长颈鹿和鼹鼠也神情紧张。

"不过,从风向和云层来判断,再过三四十分钟,应该会停。负责人说,凭他的经验判断,一个小时后肯定放晴。"

"但现在还在下,不是吗?"一名家长问。

"就算雨停,路上也一定会很湿滑吧?"另一个家长也表示担心。

"据山上小屋的负责人说,虽然下雨,但只能算毛毛雨,原本干燥的地面稍稍变湿,完全没到积水的程度。"养护学校的教师解释道。

小野上前一步,表明院方态度:"我们可以继续行驶,等车子开到山间小屋后再作决定;也可以现在折返回医院。我们尊重大家的选择。"

"下雨怎么爬?"鼹鼠的母亲问。

"但毕竟大家已经期待了很久。"长颈鹿的叔叔说。

"少数服从多数吧。"雄作提议。

家长们又稍稍争执了一会儿,最后决定按雄作说的,在营业所的等候室一角举行投票。

"我觉得,是不是也应该听一下孩子们的意见……"长颈鹿的婶婶怯怯地提议。

于是所有孩子也被叫了过来。在支持与反对的夹击下,大家举手表决是去是回。

大部分孩子举手同意继续爬山,而大部分家长则选择打道回府。长颈鹿、鼹鼠和长颈鹿的叔叔婶婶都投了继续爬山的票,雄作和鼹鼠的母亲都选择回去。

结果除去医护人员和老师,两边各得十八票。总共应有三十八票,还剩两个人没表态。

优希很清楚还有谁没投票——她和志穗。

"你们怎么选?"养护学校的老师问,"回去还是继续?"

在所有人——特别是长颈鹿和鼹鼠炽热的目光中,优希举起了手。

"你选哪边?"老师问。

"继续爬山。"优希垂目回答。

接着，大家又齐齐地看向志穗。

"到底怎么说？"雄作不耐烦地催促着。

志穗看看优希，微微点头："还是先上去看看吧。"声音轻得像一阵烟似的，瞬时消散。

大巴再次发车。

弯道越来越急，道路越来越窄。

进入石槌山系后，大巴开上了修整完善的山路，但坡度骤然变陡，且弯道不断，每次勉强通过路幅不宽的弯道时，都仿佛会刮擦到边上的护栏。

因为转向太猛，不少人开始晕车。

优希也觉得胸口难受。

"没事吧？"雄作问。

优希收起下巴，把额头顶住窗玻璃。

窗外，护栏之外皆是高崖。

竹林繁茂的山体以锐角之势直插谷底。山下则雾气腾绕，一片茫茫不可见。

隔着峡谷，对面群山连绵。坐在车内，感觉所处的高度已与距离最近的一座山的山顶几乎持平。空气变得冷冽，身体明显感到凉意。优希抱住双臂，凝视谷底的白流。

突然，优希感到车窗外开始放亮。

厚厚云层笼罩下的风景，渐渐显露出别样的光影——山体斜面上的树形竹绿、远方山棱线的凹凸起伏、岩崖巅峰间的云团急飞……

"雨停了？"

优希听到后座传来兴奋的声音。

不知是长颈鹿还是鼹鼠打开了车窗。

优希回头一看,两只手已经伸出车窗。

"雨停了!雨停了!"长颈鹿大叫。

"完全感觉不到雨滴!真的不再下了!"鼹鼠也很激动。

其他孩子也都纷纷打开车窗伸出手。

医护人员一阵慌乱,赶紧提醒大家注意安全,别把手或头伸出车窗。

大巴挡风玻璃前的雨刮器也已停下。领队老师拿起麦克风:"雨停了。还有十分钟到达服务站。"

优希打开窗户,闻到一种与平地甚至与神明山的森林都有着微妙不同的味道,那味道散布于稀薄的空气之中,冷冽、清透,让优希感到自己已经非常接近神山。

十分钟后,大巴停在建有转盘的开阔场地。

写着"土小屋"的服务站周边有好几栋山间小屋。

"我们到了!"男老师握着麦克风向大家宣布。

车内顿时响起欢呼声。

众人下车后,发现路面虽然有些潮湿,但确实没有积水。

"大家辛苦了。"服务站的工作人员,一个上了年纪的男人出来迎接。他指着空中的流云说:"肯定马上放晴。"

大家走进服务站的食堂,享用了事先准备好的午饭——咖喱饭配色拉,还有果汁和香蕉。午休一小时期间,天空越来越明亮。

"刚刚收到我们的人用无线电发来的消息,"服务站的工作人员站在食堂前方向大家报告山间小屋传回的路况,"道路两侧的密林,只有竹叶上挂着水滴,仅此而已。没有塌方或积水,可以正常登山。事实上,有不少人已经在爬了。我们的人说,路上遇到了一群朝圣的登山客,还有松山市儿童会的孩子们。"

小野上前一步:"那么,我们按照原计划登山,大家都同意吗?"

所有人都说"好"。

一度持消极观点的家长们表示同意,无一人反对。

雄作也转变态度,笑着对优希说:"我们抖擞精神,一起去爬山吧!"

十二点半,一行人离开山间小屋。天色仍有些阴沉,但西边的上空已经透亮。

标示着"登山道"的山路经过国民宿舍后,钻入低矮的树丛。道路两侧种着茂密的竹林、映山红等较矮的树木,原本就不宽的山路看起来更加狭窄。一行人排成一列纵队向前行进。

正如此前工作人员所报告的那样,路面虽然潮湿,但没有积水,也不湿滑。另一方面,路上到处是拳头大的落石。

"大家注意脚下,好好看路。"走在最前面的带队老师不停地叮嘱后方。

拥有多次登山经验的护士和老师走在队伍前列,第一次参加活动的小野在队尾殿后。孩子们以家庭为单位,在领队的指挥下向前行进。

优希等人在队伍的较后方。优希身后是志穗,志穗后面是雄作,雄作后面的长颈鹿和鼹鼠一会儿你前、一会儿我后地窜来窜去。

雄作记得这两个曾经想对他的汽车动手脚的少年,但现在他只是脸上露出嫌弃的表情,并没开口说什么。他觉得反正登山结束后优希就会出院，以后不会和这两个孩子有来往。

长颈鹿和鼹鼠的后面是长颈鹿的叔叔和婶婶，再后面是鼹鼠的母亲。

突然，登山道上起了雾。道路两边不再是刚才的矮树丛，而是山毛榉、蒙古栎等高大植被。

竹林比之前那些高大许多，草与泥土散发着湿气，味道越来越浓重。

周围几乎全被树木遮挡，看不见任何风景，难以分辨脚下是平路还是坡道。不过，越走越觉得两腿发沉，说明即使坡度不大，也仍在持续向上。

周遭空气冷冽，运动服里却已是汗水涔涔。

"要一直这样爬到什么时候啊？"雄作发着牢骚。

"完全听不见黄莺叫嘛。"麻里子也开始抱怨。

没过多久，队伍前方传来一阵欢呼声。

优希等人紧走几步，跟着队伍穿过树林，来到一片开阔地。

眼前群山起伏，令人叹为观止。

一览众山小，眼下皆群山。山棱线连绵不绝，延至远方。

黑压压的山与山之间涌动着云霞般的灰流。

大家一边眺望四国山地的群峰，一边继续向南面更亮堂的道路前进。正前方有一座小山坡，右侧为林，向左成谷，上面生长着茂密的竹林。

爬了一个多小时，孩子们还没喊累，好几个家长倒快要不行，一个个叫着"好累""受不了"。

众人来到山内侧凹进去的休息处。

带队的老师喊了一声："休息十分钟！"

说是休息处，其实只是除掉杂草后露出的一片五米见方的空地，上面摆着几条木头搭的长凳而已。很多家长累得直接坐在了地上。

优希看看自己的父母。雄作似乎还行，志穗则快撑不住了。

"还好吗？"优希问母亲。

志穗累得开不了口，只是微微点了点头，拿起水壶喝运动饮料。

"不行了，累死我了。"鼹鼠的母亲麻里子一个人霸占了整条长凳躺下，喘着气，娇声叫道，"让我留下，你们继续！"

一名护士摸了摸麻里子的脉搏，笑着鼓励她："您没事。再坚持一下，就能上去看到绝佳的美景。"

长颈鹿的叔叔和婶婶并肩坐在休息处一角的草地上，用毛巾帮彼此擦汗，心满意足地欣赏着山景。

长颈鹿和鼹鼠站在稍远处。

他俩看起来都很有精神，一点儿都不累。二人一路上交头接耳，似乎在商量大事。他们看看茂密竹林，摇摇头；又看看山坡，还是摇摇头。

一想到他们也许会在看到某处时点头——优希赶紧慌张地移开视线。

十五分钟后，一行人又出发了。

没过多久，虽然不见鸟儿，却真的听到了黄莺的叫声。那通透的声音，好似能从一座峡谷传至另一座。

周围依旧雾气蒙蒙。之前明明在向南走，不知何时已经变成朝北的方向。与刚才相反，现在是左手靠山，右手临谷。山体斜面直插峡谷。高大的杉树挡住了从上方照下来的光亮。

路更窄，坡更陡。

"大家要小心脚下，千万别踏空！"医生、老师们的提醒变得更加严肃。

队伍前后的间距渐渐拉大。

优希一家与前面一家隔着七八米远，与后面的长颈鹿和鼹鼠也是差不多的距离；再后面的长颈鹿叔叔和婶婶与长颈鹿之间也保持着几乎相同的距离，他们正扶着鼹鼠的母亲向前行进。

优希时不时地用手去触摸山石，硬冷的触感让她感到整座山就像一块大岩石。

路上有很多小石子。

"别光顾着脚下，还要注意头上。"前方传来严肃的提醒。

继续往前，走了没几步，优希等人看见登山道上竖起一块告示牌，上边写着"注意落石"。

抬头看去，告示牌上方是一块碾压了草木、有巨石突出的大岩块。

岩块历经风雨，似被反复冲刷过，前端尖锐，俨然下一秒就会砸落下来。

这块大岩石的边上还有无数大大小小的石头，积在一起，成河流状向下蜿蜒，是之前随雨水冲刷、自然滚聚在一起的落石流。

宽约五米的落石流给人一种石头瀑布的印象，被登山道"截断"后，继续向下流去。

虽说叫"落石流"，其实是静止的，但看起来并非完全稳定，如果被新的石头撞击，很可能引发连锁反应，挟着原本静止的石头一起向下滚去。

"这儿真危险。"雄作说着,伸长脖子朝落石流的下方看去,"落石当然很可怕,但要是从这儿滚下去,肯定更不得了。也许会一口气摔到谷底,脑袋开花。"

登山道与落石流相交的路段事先被工作人员收拾过,只要多加注意,应该没有大碍。

"抬头看看上方,没有落石的话,就一口气迅速通过。"先行通过、回头招呼后面的护士对大家说。

"我先过去吧。"察觉到优希的不安,雄作说。

雄作走在前面,他身上背着的双肩包在优希眼前晃来晃去。

优希的视线转向雄作的脚边。这段路确实很危险,若稍不留神,一脚踏空,必定顺着落石流滚下山。优希突然感到有些晕眩,赶紧闭上眼睛。

"优希!快过来!"前方传来雄作的叫声。他已经顺利通过,正在落石流的另一端向优希招手。

"优希,你怎么了?"背后传来志穗的声音。

优希紧盯脚下,小跑着通过。

雄作张开双臂做迎接状。

优希躲开雄作,倚向山体,钻过他的腋下。因为道路狭窄,肩膀稍稍撞到了山石,不过,优希并无痛感。

雄作苦笑着说:"哎哟,没事吧?"

志穗紧随优希赶过来,立刻长舒一口气。

雄作揶揄道:"这可不像轻松的郊游啊。"

优希非常在意后边两个少年的行动。

长颈鹿和鼹鼠在落石流前停下脚步,看起来有些犹豫,但丝毫没有显露出恐怖或担忧的表情,反而两眼放光。

优希慌张地转身向前走去。

"我们落后大部队了，加快脚步！"护士催促雄作等人。

竖有"注意落石"告示牌的地方，之后还有好几处。

路都不宽，有的地方，石头还在滚动；有的地方，石头横在路中央。几个孩子怕得不敢迈步，在家长或医护人员的鼓励与伸手相助下，才终于通过。

优希每次经过危险之处都不敢回头，因为害怕看到长颈鹿和鼹鼠的表情。

又爬了一会儿，众人来到又一个休息处。医护人员确认了每个人的健康状况：志穗和鼹鼠的母亲等好几位家长明显极度疲劳，孩子们却个个都很有精神。

离开服务站两个小时后，队伍前方传来兴奋的叫喊："到中间点了！"

欢呼的叫声和放心的舒气声交替传来。优希等人也走出被植被包围的道路，来到开阔的场所。

中间点是三岔路口。

向右可以下山，是一条与来时不同的登山道，可直接通向山脚，方位为北。

向左可以上达山顶。

上山路的路口有一座鸟居，示意此山为神山。鸟居前面建有一间小屋，越过屋檐可以看到高耸的岩壁，上方云雾缭绕，神秘莫测。

先行到达的人在小屋周围散开，各自休息。优希一家也找到一处不会打扰到他人的地方坐下休息。

又过了大约十分钟，所有人全都集齐。

小野已经累得开不了口，养护学校的男教师代他作说明："现在的高度在海拔一千七百米至一千八百米之间！"

不仅是孩子，连家长们都欢呼鼓掌。

"大家辛苦了！但是，现在才是开始。从这里到山顶，才是真正的难关。"

欢呼声顿时变成叹气声，鼓掌被苦笑代替。

男教师继续说明："这里是神明所在地，大家一定要注意自己的言行。不要乱开玩笑、乱扔垃圾、破坏自然，要抱着虔诚的心去爬山。我们眼前的悬崖峭壁是这座山的北面，几乎是垂直的，从山顶向下垂着特别的铁索，一般人爬不上去。以前，这里是信仰山神的人修行的地方。这座山是日本七大灵山之一，山顶有一座小庙。据说为了实现现世的心愿，获得来世的救赎和幸福，换言之，为了求得永远的救赎，那些朝圣者，哪怕是七八十岁、腰都直不起来的老人，也会选择爬铁索上山……不过，我们不是来求救赎的，没必要去冒险，所以我们会走迂回向上的登山道。虽说是迂回向上，但只要登上顶峰，就一定会有福报。另外，登山道虽然相对安全，但毕竟是高山，希望大家互相帮助，注意安全，不到最后不要松懈！"

在这位男教师作说明的间隙，医生和护士们为孩子和家长们检查了身体。

志穗的脸色越发不好，脑袋无力地埋在膝盖间。

护士劝她留下休息。

"不，我可以！"志穗虚弱地坚持。

"别逞强，不然反而会连累大家。"雄作反对。

"可是优希想登顶，是吧？"志穗说着，看了优希一眼。

优希点点头。她早已下定决心,哪怕只有自己一个人,也一定要爬到山顶!

护士继续劝说:"优希可以和爸爸继续爬山,您还是留在这儿休息吧。"不等志穗反驳,护士又说,"上面的空气更加稀薄,还是身体要紧!"

"可是……"志穗担心地看着优希。

"还是别勉强了。"一直在优希一家下方位置休息的长颈鹿的叔叔也劝道,"我们会跟在您女儿身后,您放心在这儿好好休息吧。"

"真的,您的脸色很不好,要是您不想一个人待着,我可以留下。"长颈鹿的婶婶说。

"嗨,等等!还是我留下吧!"鼹鼠的母亲抢着说,她之前躺在优希一家的上方位置,此刻满脸疲惫,妆都花了,"我已经到了极限,再爬会死的。我留在这儿照顾您吧……不过,事实上,我才是那个需要被照顾的人吧!"说着,无力地笑了笑。

护士对她身后的鼹鼠说:"你妈妈要是留下了,你也得留下,行吗?"

"为什么?"不是鼹鼠,而是长颈鹿急着发问。

"在这次登山活动中,最重要的是孩子与家长一起行动!因为是一家人,如果有一方不能继续,另一方就应该留下进行照顾。这也是这次活动的意义所在。"

鼹鼠非常不满,本想说些什么,但最终选择咬紧嘴唇,低头不语。

鼹鼠的母亲看着鼹鼠说:"别垂头丧气的。要是硬撑着继续爬,我真的会死。我已经算是履行了和你的约定哦。"

鼹鼠朝山顶方向望了望，又朝登山道看了一下，然后对众人说："等一下。"说着，把长颈鹿拉到一边，在茂密的灌木丛边聊了好一阵子。

优希朝二人看去。长颈鹿似乎同意了鼹鼠的提议，正在点头。他们像是约好了什么似的，轻轻捶了一下对方的胸口。

他们一起回到众人面前。鼹鼠答应："好，我留下。"

于是，志穗、鼹鼠及其母亲留下，优希与雄作、长颈鹿及其叔叔婶婶走迂回的登山道继续上山。还有两名中学生及其家长也选择留下。

二十分钟后，清点完人数，一行人再度出发。

志穗和鼹鼠站在山间小屋前，目送优希等人离开。

志穗对优希反复叮嘱："一定要当心！"

鼹鼠看着优希，鼓励她似的点点头，然后瞪视走在优希后边的长颈鹿。

优希看见长颈鹿冲鼹鼠点点头。

面对几乎垂直的北坡崖壁，一行人暂时停下脚步。

从山顶垂下的铁索比拔河比赛用的长绳还要粗，每一个铁环都很粗大，大人的脚伸进去都绰绰有余。

崖壁上方隐没于云雾的白流之中，令这条特制的铁索看起来仿佛通向天空。

优希凝视着、想象着白流后面的存在。

她深信，只要从这条铁索爬上去，等待自己的一定是口口相传的"救赎"。

"走吧！"领队的男护士高喊了一声，指挥着大家继续朝登山道走去。

这是一条盘旋向上的登山道，非常狭窄，只容一人通行。

危险的地方都已装好扶手，用铁板加固。即便如此，边上就是深不见底的峡谷，一旦失足，后果不堪设想，可怕程度远超之前的那段登山道。特别是与下山的人交会时，因为路实在太窄，必须加倍小心。

优希跟在雄作身后爬了五分钟，再也按捺不住，停下脚步对雄作说："我放心不下妈妈，回去看看！"说完，扭头往反方向走回去。

"优希！等等！"雄作叫道。

"您先去吧！"优希说完，趁着长颈鹿及其叔叔婶婶吃惊发愣的工夫，从他们身边挤过去，又巧妙地从后面几个人的腋下钻过，迅速跑离迂回的登山道。

"优希！"被其他人挡住去路的雄作只能大声喊叫。

优希跌跌撞撞地跑回垂下铁索的崖壁前。

虽然志穗等人所在的山间小屋应该就在附近，但从优希此时所在的位置看不到他们的身影。

优希抬头仰望岩壁。

她坚信，一定有"救赎"在等着她。

她以徒手抓住铁索，瞬间感到钻心的冰凉。加上之前下过雨，铁环湿滑，难以抓稳。

优希在运动服的膝盖处擦了擦手，再次用力抓住铁索，然后一脚踩上一块突出的岩石，接着双手使力，身体向上攀爬。

第十五章

一九九七年初冬

1

优希仰望天空。

她的双手牢牢地抓住铁索，身体紧贴着崖壁，抬头向上，垂直攀爬。

她感到身体异常沉重，仿佛被挂上了近乎两倍体重的秤砣。

终于，她爬至铁索的尽头，穿过白色的雾流，来到只覆着砂石的小山顶。视野的一角有一间供人们祷告的小庙。

她朝小庙走去，为了寻求某种证明。

小庙的门敞开着，里边供着三尊神像。优希感到有些奇怪，之前明明听说神像要到夏天才会被移至这里，为何现在已经摆在里面？她探头进去一看——哪是什么神像？分明是三个骨灰盒：雄作、志穗和聪志的……

优希冲出小庙，心中发出悲鸣。

她双手掩面，可那双手皮肤粗糙，还有皲裂——并非孩子的小手。

再低头看看自己——身穿白色护士服——分明是个大人。

她这才发现自己在做梦。

却并没有醒来，因为她根本不想醒来。

她宁愿继续做梦，在梦中将一切重来，特别是将向着位于小庙前方的山顶行进之后发生的所有一切重来。

她朝东南方向看去，刚才还被浓雾笼罩、一无所有的地方突然浮现出一道山脊。

不足五十厘米宽的山脊路笔直伸向前方。

背后传来了脚步声。仔细听，是长颈鹿和鼹鼠。二人一直跟在她身后。

她突然想到：那时候是否问过他俩是怎么追上自己的？

"不是告诉过你吗？"身后传来长颈鹿的声音，"你突然离队往回跑，你爸爸大吃一惊，想去追你，但因为迂回的登山道太窄，撞上了后面的人。当时可危险了。我也趁乱溜出队伍。我猜你肯定去了铁索那边。"

"我看见你俩了。"另一个声音响起，是鼹鼠，"当时只有我一个人被留在山间小屋，实在心急如焚。我和长颈鹿都约好了要在有落石的地方同时下手……我以为长颈鹿在迂回的登山道上找到了下手的好地方，准备一个人动手……"

"怎么可能！"优希听到长颈鹿不满的声音。

"落单的时候，当然会胡思乱想。"鼹鼠辩解道。他叹了口气说，"我在山中小屋前坐立不安，不停地朝迂回的登山道看了又看。没过多久，看到一个好像是你的人影开始爬铁索……因为有雾，一下子又看不见了。又看到长颈鹿朝铁索那里跑去，所以我也追了过去，跟在他后面爬上铁索。"

优希点点头，但没有回头看。听声音，长颈鹿和鼹鼠还是孩子。她不敢回头去看他们的身体是否已成人。

山脊路越发险峻，无法站立通过，优希只能趴在朝峡谷倾斜的岩面上匍匐前进。因为身体已是大人，所以得用近乎两倍体重的力气拼命将自己向上拉。

不知不觉，遮挡视野的岩石都消失了。

优希终于爬到山顶。

感觉空气并没有任何变化，甚至没有风。

她环视周围。

四下一片漆黑。下方并非群山，而是虚无的黑暗。抬头望向遥远的上空，点状光亮一闪一闪。明明应该登上了山顶，不知为何，感觉却在向下坠……

黑暗中，浮现出白色山脊，与远方的小庙所在的山峰连在了一起。

雄作正站在小庙前，满脸怒气，张大嘴巴，朝优希挥手。

从嘴型看出他在喊：危险！你想干吗？

优希听不见他的声音。

满头大汗的长颈鹿的叔叔出现在雄作身后，看到优希后，松了一口气，露出笑脸。

同样从嘴型判断出他在说：太好了，你们仨都没事。可别再让大家担心了。

长颈鹿的叔叔朝建在小庙下方的山中小屋走去。从迂回的登山道爬上来的八号楼的孩子及其家长们也都刚刚到达。医生、护士、养护学校的老师们看见优希后，一个个露出吃惊、生气、放心的表情。

"那是你自己呀！"优希的耳畔响起一个声音。

不是长颈鹿，也不是鼹鼠，而是一个低沉的、带着阴湿感的声响，不是由耳朵而是从自己身体内部听到的声音。

"那就是你自己的身姿呀！"

留在小庙前的雄作的背后，不知何时出现了一个带有光环的人形。

姿态与优希一模一样的发光少女正悄悄移步至雄作背后。

优希使劲摇头，伸手想阻止。

发光少女仿佛在模仿优希的动作似的，伸出手，推向雄作的后背。

不可以！不要！

优希猛地睁开眼——

自己正躺在位于蒲田的公寓里。她在被窝里叹了口气，看看窗户。

光照下将会呈现淡绿色的窗帘此刻还是沉闷的灰色。

她看了一眼枕边的手表。刚过清晨五点，日期仍是十一月十七日。

她昨天值的是中班，工作到凌晨过后，坐末班车回到家。睡下的时候已经快两点，之后一直睡得很浅。

昨天上班时，听了岸川夫妇说的事情，优希感觉心情非常沉重。

他们说，三天前，在优希值白班时来看望过笙一郎母亲的那个女人上了夜间新闻。

岸川夫妇也是因为偶然在麻里子的病房里见过那个女人，所以在电视里看到她的照片时觉得眼熟，才想起来。

"不是什么好消息，真希望是我们搞错了……"岸川夫人难过地说。

听说是在自己家里被勒死的。

"电视里放出来的照片看着挺像她。不过这世上长得像的人有很多，是吧？"岸川先生为了安慰妻子，故意这么说，又对优希说，"上次没来得及问那位美女的名字，新闻里说死者叫早川奈绪子。"

优希之前并不知道奈绪子的名字或地址。

但她感觉得到，不只是笙一郎，梁平与奈绪子的关系也非同一般。

她想到奈绪子上次来医院时从包里掉出来的那把刀。虽然不知具体是何理由,但优希隐约觉得那把刀是冲她而来,也可能是为那女人自己准备的……

优希一直在犹豫是否该告诉梁平,谁料转眼间听到了那女人遇害的消息。

难道真的是她?……无论谁离世,都是一件悲伤的事,但优希希望遇害的不是她。

优希睡不着,干脆从被窝里起来。

她打开灯,洗了把脸,脱掉睡衣,换上毛衣和牛仔裤,然后烧了一壶水,泡了两杯茶,供在志穗和聪志的骨灰盒前。

志穗死后,优希勉强算是挺了过来,但紧接着,聪志又走了。双重的打击让她至今心揪痛、意难平。她不敢对骨灰盒放手,觉得那会让她再次失去他们。

不久前,哪怕是在吃饭、洗衣等做着琐事的过程中,她都会不由自主地潸然泪下。即使现在,她还是会一次次地在梦中看到两个人生前的模样。

优希为摆在骨灰盒旁的一盆仙客来浇了水。

这是岸川夫妇送给她的礼物。

"养点儿什么,也许对你有帮助。"岸川夫人说。刚收到时还没绽放的花蕾已经开出好几朵纯白的小花,还有更多花蕾正在含苞待放。

她以前一直觉得,养育是一种负担,自己绝不可能去养育什么宠物或植物。

不过这盆仙客来只需放在窗边,浇浇水就开了花。

这盆花似乎不需要费太多心思照顾，只要放置妥当，它就能依靠自己的力量存活、开花……如此简单，却带给了优希莫大的安慰。

"笃笃笃——"突然有人敲门。

怎么会有人这么早来找自己？优希起初以为是错觉。可敲门声执拗地响个不停，古旧的木门被敲得颤动不已。

笙一郎？梁平？……优希只能想到这两个人。她轻声问道："谁？"

"能开一下门吗？"门外传来一个低沉的声音。

优希听不出是谁。

"抱歉这么早来打扰您，可是……"对方的声音听起来非常疲惫，却有一股不开门绝不走人的强硬态度。

"请问您是哪位？"优希再问一遍。

"我是伊岛。"

优希感到很意外："伊岛警官？"

"让有泽出来！"对方压低声音，语气却非常坚决。

优希有些困惑："请等一下。"

她环顾一下房间。虽然已经换好衣服，但被子还没叠。

"有泽！"突然，优希听到伊岛用拳头砸门。

优希吓了一跳："别敲了！"

"有泽！出来！"伊岛继续大叫。

优希赶紧把被子塞到从门口位置看不见的房间角落里，然后把门打开一道缝。

伊岛面容憔悴，一身黑色的丧服。

优希厉声质问："您到底想干什么？"

伊岛猛地拉开门，闯进屋，一把推开优希，鞋都没脱，直接踏进房间，将房间扫视一圈。又不顾优希的阻拦，拉开壁橱的移门，大叫："有泽！"

"住手！"

伊岛像是没听到，自顾自地冲向窗口，粗暴地掀开窗帘。

被掀起的窗帘带到了骨灰盒，其中一个骨灰盒从小桌上掉落至榻榻米上，供着的茶杯也被打翻。

伊岛打开窗户朝外看去。一股冷风灌进屋里。

他回过头来，神情严峻地问优希："有泽在哪儿？"

优希先走去门口，关上门，然后回到屋里，对着满脸胡碴的伊岛狠狠地抽了一记耳光。她看着落在榻榻米上的骨灰盒说："那是我妈妈！"

又看看翻倒在窗边小桌上的另一个骨灰盒。

"那是我弟弟！"优希说完，将视线转向伊岛。

不明所以的伊岛不停地眨着眼。

优希强忍住，才没吼出来。她跪在地上，把用厚布包着的骨灰盒捧在胸前，再用一只手拨开挡着道的伊岛的脚，把母亲的骨灰盒放回小桌上。

"我不是故意的……"伊岛看着跪在地上的优希，表示非常抱歉。

优希把聪志的骨灰盒也扶正、摆好。

仙客来花盆也翻倒在桌上，弄得满桌都是湿漉漉的泥土。

"真的对不起……"伊岛朝门的方向退去。

优希像是跟着他走似的，来到靠近门的水槽边。

她取下挂在水槽边上的抹布——那动作同时也像在用肩膀

把伊岛挤去门边——打开水龙头，冲湿抹布后拧干，回到屋内，一边擦地一边收拾。

伊岛嗓音沙哑地问："能再找一块抹布给我吗？刚才穿鞋踩进去，把你家弄脏了……我弄脏的，我来擦……"

"不用！"优希立刻打断，说着，用手和抹布把倒翻的泥土小心翼翼地拨回仙客来的花盆里。

"还没把骨灰入土？"伊岛问。

优希没有回答。又一股冷风从窗外吹进屋内，优希起身拉好窗帘，却没有关上窗户。

"你怎么想？是你的弟弟把你的母亲……你不这么认为，是吗？"伊岛的语气并非责难。

"我弟弟什么都没干！"优希把仙客来摆正，拿着抹布回头顶了一句。

伊岛背对优希，瘫软地坐在玄关处。

优希从他身边经过，在水槽边冲洗抹布，又回到屋里，继续擦拭榻榻米。

"有泽没有来过吗？"伊岛的声音非常低沉，"也对，仔细想来，他是不会来找你的，这才像那小子的为人。而且，你也绝非轻浮之人。"

优希抬头看伊岛，发现他正泄气地将脑袋埋在膝盖间。

她受不了这种沉默的气氛，于是主动开口："他没来。您怎么知道我住在这里？"

"你们医院的人说的。"

"您去过我们医院？"

"因为实在没头绪。"

"头绪？"

"想不出那小子会去哪里……"伊岛把头埋得更深，却像在自嘲似的笑着说，"我和那小子认识很久了。他还在做巡逻的小警察时，我就和他打过交道，当时我已经看出他很有自己的想法，观察力很强，还很有行动力。虽说有时候以组织的立场看是有些出格，算是他的缺点，但只要保持好平衡，一定可以成为一名很优秀的刑警。之后我们进了同一间警署，我教了他很多东西。我俩很合拍，我说的他也都会听。工作时，他似乎只在我面前笑过。因为我俩年龄相差太多，还有人逗乐说他是我的私生子呢……他没什么朋友，年长的嫌弃他，和他同龄或比他小的都怕他。所以当我听说他有两个老朋友时，真的很吃惊，而且其中一个朋友还是女性……"

伊岛稍稍抬起头，用双手搓着脸："我这么说，你别见怪。那小子看你的眼神、对你说话的语气……真的都很不寻常。我觉得那并不只是痴迷、钟情——当然肯定也有——更包含着一些深层的缘由。所以那小子失踪后，我能想到的只有那个叫长濑的律师，还有你。"

"他失踪了？"优希问。

伊岛好像没听见似的，继续自顾自地说下去："但我现在才意识到，正因为他把你看得很重，所以反而不会轻易来找你。"

"出什么事了？"

"容我喝口水，行吗？"伊岛站起身，指了指自己的喉咙，"我有点儿脱水。"

伊岛双眼充血，黑眼圈很严重，说着，自己跑到厨房拧开水龙头，"咕咚咕咚"地喝了好一会儿。

"有个姑娘……"伊岛用丧服的袖子擦了擦嘴，接着说，"她父亲有恩于我。她父母过世后，我一直把她当作自己的亲闺女……后来，她和有泽好上了，有一段时间，还曾考虑过结婚……"

优希看着伊岛的侧脸，继续倾听。

"那闺女……死了！"

优希闭上眼睛，想起之前在多摩樱医院见过的那个女人。

"你认识她？"伊岛的声调有些咄咄逼人。

优希睁开眼，视线正好与伊岛的相撞。她知道自己的表情瞒不住，于是回答说："不知道名字，但……"

"奈绪子，她叫早川奈绪子。"

优希想起岸川夫妇提过的名字："是新闻里报道的那位？"

"我没看电视，也许吧。"

"她去过我们医院。"

伊岛皱起眉头："什么时候？去干吗？"

优希把奈绪子去医院的情况告诉了伊岛，但没提菜刀。优希相信，死去的奈绪子也不愿意提起那把刀。

"那时候，有泽在吗？"

"不在。她说因为不会再见了，所以去道别……我觉得她似乎误会了我和有泽的关系。"

伊岛将视线转向水槽："不是误会。即使对你来说是误会，对其他人而言肯定不是。"伊岛有些踌蹰地回到玄关处坐下。

"您没事吧？"

伊岛举起手，示意优希无需上前关心："昨晚入殓了，我一直撑到快天亮，实在忍不住跑了出来。估计搜查总部还没查到你。如果察觉不到你和有泽之间的某种深层联系，就算他们来找你，也只会例行公事地走过场。"

"搜查总部？所以您今天不是作为警察来调查？"

"我请了假，今天不当差，毕竟还要操办那闺女的葬礼。最主要的是，我做不到啊！你叫我怎么调查……"伊岛说着，哽咽起来，肩膀微微颤抖。

"她的死和有泽有关系？"

"昨天早上……有泽给我打电话。"伊岛边说边摇头，"他说奈绪子死了，让我过去看一下……还说都怪他……然后把电话挂了。当时我以为他胡说八道，但还是去了那闺女家。等我赶到的时候，她已经横躺在地上。一眼就明白是什么状况，但我还是把她送去了医院……"伊岛说完，再次站起身跑去水槽处喝水。

优希也感到喉咙干渴难耐。

伊岛用袖子擦了擦嘴："我向上司报告了有泽给我打过电话的事。验尸过后，他们成立了搜查总部。稍后，他们应该会对案发现场的周围及奈绪子的交友关系进行排查，寻找目击证人。因为涉案的人是有泽，一名现役刑警，警方一定会慎重处理。警署、家里、上司、同事……要查的人太多，想想都够呛。我没告诉别人有泽与你之间千丝万缕的关系，毕竟那只是我的猜测，没有十足的把握……而且我得陪在那闺女身边，还要联系她远在北海道的哥哥……所有后事只能由我来操办，她身边没有别人可以依靠……除了我，一个都没了。"

伊岛转过身，再次拧开水龙头，这次没喝，而是用一只手接了一掌冷水拍了拍额头，再用力甩甩脸："瞧我都说了些什么啊……"伊岛边说边用手撸脸。稍稍平静下来之后，伊岛将视线转向优希:"你觉得他有可能去哪儿?"

"不知道。"优希如实回答,"您去找过长濑吗?"

"他的公寓和律所一直没人。"

"电话呢?有泽应该有手机吧?"

"打了不知多少次了,一直没人接。我先不深究他与那闺女的死到底有什么牵连,暂时算他无故缺勤,替他办了停薪留职的手续……"

优希现在更担心连站都站不直的伊岛:"您真的没事吗?还是好好休息一下吧。"

伊岛微微露出苦笑:"真对不起,这么一大早跑来打扰你。"

"算了……"

"我还是觉得,那小子很快会来找你,哪怕暂时还没出现,他一定忍不住要来。所以,只当是我个人的请求,希望你能帮忙……等你知道他在哪儿之后,能不能联系我一下?"伊岛说着从口袋里掏出记事本撕下一页,写上自己的电话号码,放在玄关处的榻榻米上,"无论如何,我都不相信是他干的。虽然有泽说都怪他,但我想听他当面说清楚到底是怎么回事……按理说,我该守在这儿蹲点监视……但实在做不到啊。"伊岛看起来连站立都很吃力,只能虚弱地再次坐下来。

优希默默地看着他的背影,犹豫着是否应该靠近关心一下。

伊岛再次摇摇头:"我是鼓足了勇气才来这儿的。我一遍遍地痛骂自己:难道不想知道真相?……对他,我是真的恨不起来,也不想用这双手去把他抓起来。他给我打电话的时候一直哭。他说把奈绪子拜托给我的时候,语气非常自责。我有一种感觉,事情没那么简单……那小子一直以来都活得很辛苦。奈绪子也是,生活异常艰辛。这样的两个人为什么要互相伤害?一个死了,另一个哭着说都怪他。我真的受够了!再也受不了了……为什么?为什么人们要这样?互相仇恨、伤害、欺骗……那么做能有什么好结果?我之前想过:与其在你这里盯梢,不如在那闺女身边多陪她一会儿;与其恨那小子,不如在那闺女身边静静地回想她活着时的美好时光。可我也想知道真相啊!想知道那小子为什么说都怪他……"

"我不能答应您。"优希不想说谎,特别是现在,她觉得自己不能欺骗伊岛,"如果他出现在我面前,我会第一优先考虑他的安危,选择保护他。对我来说,他是非常重要的人。我这么说也许会引起您的误会,但我只能这么说。所以……"

伊岛微微点头。

优希接着说:"不过我也想知道,他到底怎么了?做过什么?如果我比您先知道答案,我会通过某种方式告诉您或者请他自己对您说。您看这样行不行?"

"没……没什么不行。"伊岛说着,站起身来。

"请问……"优希叫住伊岛,"奈绪子小姐的丧事是怎么安排的?"

伊岛背对着优希说:"昨天入殓,今晚守夜,葬礼会在明天中午十二点举行。"

"在她自己家里办吗?"

"不,她家……算是案发现场,需要保护。葬礼会在她家附近的殡仪馆举行,名字是……"优希知道伊岛说的那家殡仪馆,她曾在那里参加过医院同事的葬礼及告别仪式。

"明天我休息,想去给她上炷香,可以吗?虽然只有一面之缘……可我感觉自己和她很亲。这么说，也许有些不妥，但我真的觉得，如果换个地方、换个时间认识她，我们一定会成为好朋友……对一个不太熟悉的人这么说，也许有些轻率、失礼，但我真的对她的死感到非常遗憾。能否允许我去参加葬礼，为她祈求冥福？"

伊岛一时语塞。他深深地叹了一口气，转身在玄关处对着志穗和聪志的骨灰盒所在方位跪下，说："对不起，我就在这儿拜一下。"说着双手合十，默默地为死者祈祷。

优希也端正坐姿，以家属身份跪着受礼。

祈祷完毕，伊岛用温柔的声音说："有时候，反而是死去的人给予我们力量。"他看着优希，微微一笑，"有了他们的支持，我们更要好好地活下去……不急、不躁、不遗忘，珍惜、保重，带着他们的支持，活下去就好。"

优希双手交叠，低头行礼。

2

这天下午，大雨倾盆。

两名警察手里抱着大衣来到多摩樱医院，找优希打听梁平的去向。

优希如实回答说"不知道"。

她没有对警察提起早川奈绪子来过医院的事。

一方面是因为警察没问，但更重要的是，优希不希望让故去者单纯的感情和念想成为被调查的东西。

警察到的时候，岸川夫人刚巧也在医院大门口。之前优希曾告诉过她，新闻里的遇害者就是之前来过的那个女人。

优希知道，如果岸川夫人向警察提起奈绪子的事，她没法拦着。好在虽然知道来找优希的是警察，岸川夫人却没有主动开口。

下班后，优希先给梁平的手机打电话，无人接听；再给笙一郎打电话，也都自动转成了录音电话。

第二天，优希参加了奈绪子的葬礼。

天色未明时，雨停了。早上，开始放晴，蔚蓝的天空看起来甚是高远。殡仪馆入口处的花坛里开着或白、或黄、或淡粉的菊花，装点出一派祥和、安宁的气氛。

伊岛站在入口处，接受前来吊唁者的慰问，并请他们一一签名、登记。

优希没与伊岛说话，只朝他点头致意，然后走进灵堂。

灵堂上挂着奈绪子的遗像，似乎是好多年前的照片，比优希见过的奈绪子看起来年轻很多，颇具神采。照片上的奈绪子微微颔首，脸上挂着无忧无虑的微笑。

一位和奈绪子长得很像的男士身穿丧主的服装，他身边有个看起来三岁左右的女孩，应该是他的女儿，正不停地想去抱奈绪子的牌位，却一次次被像是她妈妈的女人喝止。

前来参加葬礼的大多是年长的男士，所有人都神情凝重。优希能感受到，这些人都很疼爱奈绪子。

优希还注意到，在殡仪馆周围有好几名便衣警察，正坐在车上进行监视。

她随送殡的众人一起来到殡仪馆大门口时，下意识地环视了一下四周。她觉得梁平也许会来，心中既不安，又期待。

突然，她看到远处的大楼阴影处闪过一个熟悉的身影，却瞬间消失不见。

此时，灵柩车缓缓起步。优希双手合十，为故人祈福。

奈绪子的葬礼过去十几天后的一个周日，当天要去上中班的优希在开工前去了趟笙一郎的律所。

前几天，她收到保险公司寄来的一份材料，说根据调查结果，决定支付死亡赔付金，请她前去办理相关手续。这份人寿保险是志穗几年前签约购买的，聪志和优希分别作为彼此的受益人，一方死亡后，另一方可以获得三千万日元的赔付金。

志穗过世后，各种手续都由笙一郎帮忙处理，优希根本不知道他为自己向保险公司申请了理赔。

其实优希宁愿不要理赔。撞到聪志的那位司机在聪志离世前曾去医院看望过。聪志曾说过，觉得是自己对不起那位司机。所以优希告诉司机，他完全无责。优希记得当时笙一郎也在场，而且那时候他们都以为聪志会没事，所以笙一郎还开玩笑地说："这么一来，很难理赔了哦。"

事到如今，这份赔付金反而让优希有一种伤口被撕开的痛感，她完全不想接受这笔用聪志的生命换来的钱。

这阵子，优希一直给梁平和笙一郎打电话，但两个人都联系不上。姑且不论梁平，就连笙一郎都联系不上，这让优希觉得非常奇怪，所以决定这天上午来到他位于品川的律所瞧瞧。

律所大门紧锁。优希按了很久的门铃，却一直无人应答。优希还特意去边上的便利店打听，但没人知道是什么情况。

接着，优希又去了笙一郎位于自由之丘的公寓。

公寓的门也锁着，邮箱里塞满了各种宣传单。

对优希而言，梁平和笙一郎同时消失了。

优希穿过商店街朝自由之丘车站走去。她想起以前这里的街灯似乎悬挂过仿红叶的装饰，而现在悬挂的则是雪人装饰，还有醒目的"冬季打折"字样。

突然，优希感到背后有人在看她。

她猛地回头，却只看到购物的人流，并没有发现可疑的人。

朝车站走了一段路，她再次回头，却已然没有了被人从背后盯着的感觉。

优希坐上电车前往多摩樱医院。因为中途要换乘南武线，所以她在武藏小杉站下了车。在这个熟悉的站台等车时，她突然想到了什么，立刻离开车站。

火灾刚过去的那几天，优希曾回到过这里，拜访周围的邻居，表达歉意。那时候，家的残骸还留在原地。自那之后，她再也没来过。

为了不给周围邻居添更多的麻烦，优希曾拜托笙一郎尽快把残骸处理掉，不管价钱高低，赶紧把地卖了。笙一郎说，虽然可以连残骸带地一起卖给废材处理公司，可那样卖不了几个钱。但优希说无所谓，因为对她而言，那早已不是金额的问题。

之后，优希并没有听笙一郎再说起过卖地的事。不过前几天，优希的账户上多出一笔不菲的款项，交易记录显示是某房地产公司汇来的。那家房地产公司的名称对优希来说非常陌生。

优希一边朝自家旧宅的位置走去，一边暗暗祈祷不要遇到以前的邻居。

如今，这里已成平地，空空如也，只有从土里冒出的不少杂草。所有一切都被清理干净、重新变为一块待建的空地。不过其面积之小，让人很难想象这里曾有过一栋房子。

优希站在孤零零的空地上看看两边邻居的房子，既不觉得悲伤，也不觉得痛苦，只是有些莫名的恍惚失神。

这里已经没有自己与志穗、聪志曾一起生活过的一丁点儿痕迹。优希呆呆地站立着，怀疑他们曾经在这个世界上活过的证明如今只存于自己的记忆中。这让她有一种虚无缥缈的感觉，甚至觉得自己的存在也不过是一场空。

优希回到车站，所幸一路上都没有遇到旧识。

中班从下午三点半开始。优希提前来到医院，吃了顿延后的午饭，来到病房楼。

还没等优希走进护士值班室，一名年轻的护士叫住了她："啊，副护士长，您可来了！他们已经到了。"

优希以为又是警察，随口问道："在哪儿？候诊大厅？"

"我说的是长濑麻里子。真遗憾。其实我觉得，她如果能继续留在我们这儿，应该会被照顾得更好。"年轻护士满怀同情地说。

"怎么回事？"

"长濑麻里子今天出院，接收她的养老院的人来了……您不知道吗？"

优希听罢，直奔麻里子的病房。

随着整个社会老龄化问题的日益加剧，因其他病症入院的患者并发阿尔茨海默病的可能性也越来越高。优希知道医院管理层一直在苦恼如何应对这一问题。

"对！对！握的时候再用点儿力！"

优希在病房门口听到一位陌生女士的声音。

进去一看，那个喜欢鞋子的老人依旧抱着鞋子睡得正香。另一个因为循环系统问题入院的病人正在病房外散步做复健，所以病床空着。

麻里子坐在病床上。与她面对面的是一位身形较为高大的女士，头发灰白，看起来六十岁左右，双手正握着麻里子的左手问道："能再用点儿力吗？"

优希一边走进病房一边问："对不起，请问您是……"

就在那位女士回头的同时——"嗨！"一个熟悉的声音从优希的右侧传来。

病房进门靠右，位于优希视线的死角处，站立在那里的正是笙一郎。

对于笙一郎的突然出现，优希的第一反应是非常吃惊，但紧接着，她揪心地看到了笙一郎的变化——穿着浅灰色西装的他看起来依旧是那么得体、有型，但脸色非常糟糕，面颊消瘦，神情憔悴，眼神似在放光，却毫无活力——是那种仿佛朝着痛苦的方向自甘堕落的危险之光。

"我准备把我妈妈送去养老院，这位是院长。"笙一郎向她们分别介绍对方，"这位是一直照顾我妈妈的护士。"

"您好！您辛苦了！"养老院的院长向优希点头致意。

优希寒暄还礼。

"那家养老院位于千叶县，是专门的介护机构，住着不少阿尔茨海默病老人。我去看过、确认过，夜间也不会采取捆绑方式强迫睡觉。我走访过很多养老院，觉得这家最适合我妈妈。"

笙一郎语速极快，口若悬河，却目光闪烁，给人一种焦躁感，"不过我妈妈的年纪还不算老，所以院长说，最终是否接收还要看情况。我觉得打铁要趁热，碰巧今天院长出差来东京，于是我再三拜托，请她过来看看。"

"是嘛……"优希点点头，但比起养老院的事，她更担心笙一郎的状态。

"那我们继续吧。"养老院的院长转身，重新与麻里子面对面。她看着麻里子的眼睛说："麻里子，请你和我握握手。"

麻里子不理院长，看着优希，撒娇似的笑着叫："妈妈！"

优希报以微笑。

优希有些担心如果麻里子被转去养老院，她喜欢黏着自己的习惯可能会影响她今后的生活。院长似乎早已对此习以为常，回头看了优希一眼，没说什么，又回头看着麻里子说："好了，麻里子，请看着我。可以和我握手吗？"

麻里子握住了院长的手。

"哦，很好，很有力，和右手一样棒。现在我们再来动一下手指，好吗？"

院长交替弯曲每根手指，示范给麻里子看。

麻里子竖起右手的小指，看着笙一郎说："爸爸，我们拉钩钩。"

院长笑了笑，回头对笙一郎说："请吧。"

笙一郎苦笑着走到麻里子跟前，伸出右手小指。

麻里子主动钩住笙一郎的小指，用力朝自己这边拉过来。

"拉钩、盖章……"麻里子哼到一半突然忘词，歪着脑袋怎么也想不起来后面该说什么。

笙一郎难受地垂下视线。

不光是小指，麻里子用每根手指分别和笙一郎拉钩。

"很好，很棒。"院长鼓励着说。

麻里子用食指钩住的时候，笙一郎终于忍不住笑起来："好疼啊。"

"下肢功能虽然有所衰退，但手部基本没什么问题。"优希一边看着麻里子动手指一边向院长说明，"她手指的活动非常自如。我觉得只要坚持做复健，还是有可能康复的。"

"她能自己穿、脱衣服吗？"院长问。

"精神恍惚的时候，一个人不行；视觉和对空间的认知也有障碍，有时候会认不清东西；虽然能拿筷子或勺子，但没法把饭菜送到自己嘴里，需要帮助；如厕方面，只要有人引导，她自己可以完成，但经常会身体失去平衡，得看洗手间的构造，可能需要有人帮忙。"

院长又问了很多问题，优希认真地一一作答。过程中，院长时不时地做笔记，并向优希逐条确认。

"她的皮肤很有弹性，也没什么褥疮……证明你真的把她照顾得很好。"

"都是我应该做的。"优希谦逊地低头说。

"我们也许不能保证把她照顾得像这里这么好……但她对呼唤能作出反应，身体也算活动自如，相信她会和我们养老院里的其他人一起生活得很愉快。不过我有一个不情之请：难得您把她照顾得这么好，希望今后继续与您保持联系，沟通情况，共同努力照顾好她。"

"这也正是我想拜托您的。稍后，我会把护理她的要点、注意事项等整理成一份详细的笔记交给您。"

"太好了。如果能和医院的专业人士保持联系，真是求之不得。那么……"院长说完，转身面对笙一郎，"您打算具体什么时候送您母亲过来？"

笙一郎问优希："你能帮忙一起把我妈妈送过去吗？"

"我？"优希吃了一惊。

"我妈妈一定会很高兴。有你在，我也会比较放心。"

优希看了麻里子一眼。

麻里子也正看着优希笑。

"可以选一个我休息的日子吗？"

"要占用你难得的休息日？不太好吧？"

"没事。能把你母亲好好地送过去，我也会比较安心。"

考虑到养老院需要一定的准备时间，三个人商量后决定，一周后，在优希的休息日送麻里子过去。

为了找内田护士长批准，优希暂时回护士值班室。

本来该今天休息的内田正在加班参加院办的工作会议。优希用内线电话找到内田。内田听说有地方愿意接收麻里子，表示很高兴，也同意优希陪着送过去。

"确实，亲眼看一下她要去的那家养老院会比较放心，还可以学习一下人家的经验。"

内田与院办负责人简单沟通了一下，很爽快地批准了麻里子的出院日期。

优希回到病房时，见笙一郎站在外面的走廊上。

从他身边探头看了看病房里面，优希发现麻里子躺在床上，养老院的院长已经离开。

第十五章　一九九七年初冬

"院长说她还有事，先走了。如果有任何变动，可以再和她联系。"

优希告诉笙一郎，医院方面已经同意。她叹了一大口气，盯着笙一郎，责备道："我一直在找你。"

笙一郎朝身后的病房歪了歪脑袋："我忙着给我妈妈找养老院，四处奔波，没停过。"

"院长看起来人很好。不过她们是私营的介护专业机构，入住金、使用费、看护费什么的，一定很贵吧？"

"明天先付掉五千万日元。"笙一郎故意将视线转向别处，含含糊糊地回答。

金额之巨大，令优希一时间说不出话来。

"毕竟我妈妈才五十一岁，他们肯收，已经算是特殊照顾了。单笔终身入住费要三千五百万，每年的年费将近三百万。因为我要去国外工作一段时间，所以交五千万，先管五年。"

"去国外？五年？去哪里？"

"企业法的主场，欧美。"

"要去五年？"

"也许更久。"

"确定了住哪里？"

"差不多。"

"什么时候出发？"

笙一郎苦笑道："你审犯人啊？"

优希生气地说："这些天我一直在找你，我有很多话想对你说。保险和卖地的事都是你帮忙处理的，是吧？"

"土地的买卖合同很早就签了，只是对方付费比较晚，我催了他们一下而已。保险金也下来了吧？"

"已经收到通知让我去办手续，但是我对钱……"

"我知道你不爱钱，但说不定什么时候能派用处。即使不用在你自己身上，也可以用来帮别人。与其让保险公司或房地产公司拿去瞎投资，不如你收下来做正经事。"

"我不懂那些。"

"慢慢来，总会懂的。"

"今天我去过你的律所和公寓，两边都锁着门。你公寓的信箱里塞满了小广告。你很久没回去过吧？"

笙一郎低头看着自己的脚："我这阵子东奔西走的，只能都先锁着……不过我很快会关掉律所，退掉公寓。"

"那么急着走？"

笙一郎抬起头，却故意避开优希的视线："也许会在我妈妈去养老院之前出发。万一我走得早……拜托你送她过去。"

"你说什么？"优希正要靠近笙一郎问个究竟，突然，从走廊拐角处走来一名患者和搀着她的护士。

护士先看到了优希，告诉患者："瞧！是您最喜欢的副护士长哦！"

这名因为循环系统疾病入院却并发了阿尔茨海默病的老妇人满脸微笑地看着优希。

优希也报以微笑，问候患者的身体情况。

笙一郎趁机从优希身边溜走，直奔电梯方向。

"对不起！"优希见状，赶紧拜托护士照看好患者，自己小跑着朝笙一郎追了过去，"等等！为什么那么急着去国外？……还说什么可能没办法送你母亲去养老院？到底为什么？"

笙一郎径直向前，边走边说："麻烦你了，真的很抱歉，但事情紧急，而且还有很多事没做完……"说到一半，笙一郎突然咳嗽起来，且越咳越厉害，无奈，只得停下脚步，用手捂着嘴，神情难受至极。

"你怎么了？这可不像一般的咳嗽。"

笙一郎从口袋里掏出手帕擦了擦嘴角。

从旁经过的患者或家属都纷纷向优希问候，优希也有礼貌地对他们一一报以笑脸，鞠躬致意。

笙一郎终于停下，不再咳，抬头对优希露出笑脸："烟抽得太多了而已。"

"还是去做个检查吧？"

"等有空了，会去的。"笙一郎说完，继续往前走。

"等等！我有很重要的事情要对你说！"

笙一郎在电梯前停下脚步。

上行的电梯打开了门，笙一郎刚想进去——"哟！这位小哥，好久不见啊。"电梯里的岸川先生笑着打招呼。他推着坐在轮椅上的岸川夫人从电梯里走出来，刚好挡在了笙一郎面前。

"你好久没来了吧？你妈妈可寂寞了。"岸川先生看到笙一郎身后的优希，又开玩笑地说，"副护士长一定也是。"

"快别说了！"岸川夫人赶忙阻止。她从笙一郎和优希的表情上看出端倪，对二人欠身说了声"对不起"，冲着丈夫指了指候诊大厅方向。

岸川先生对优希和笙一郎不好意思地露齿一笑，推着坐在轮椅上的妻子走向大厅。

这时，优希的身后又有年轻的护士叫她："副护士长，马上要做中班交接了。"

优希头也不回地说："我这就过去。"继续面对着笙一郎，"我问你，你见过有泽吗？"

笙一郎按下电梯按扭，淡淡地回答："刚才不是已经说过了嘛，我还有很多事没做完，哪有时间去见他？"

"你慌什么？"优希注意到笙一郎一直在环顾四周，好像害怕有人追来。

"我哪有慌？"

优希戳了一下笙一郎的左腕，笙一郎立刻觉得身体僵硬。

"说什么去国外，你骗人！你到底要去哪儿？"

笙一郎闭口不言。

忽然，优希想起奈绪子葬礼那天看到的人影："你是不是去过殡仪馆？"

笙一郎被问得肩膀一抖。

优希轻轻拽了一下笙一郎，让他面对着自己。

笙一郎乖乖地转过身，泫然欲泣的表情看起来分外楚楚可怜，眼神似在乞求原谅。

优希盯着笙一郎的眼睛："你认识和有泽交往的那个人？"

笙一郎抽泣似的，吸了一口气："我没想到你会去参加她的葬礼。"

"你为什么去？"

"我认识她。"

"为什么要躲在大楼后面？"

"你为什么去？"

"我和她有一面之缘。她来过医院。"

笙一郎瞪大眼睛："什么时候？"

"这个月的十四号。"

"十四号……"

"她自称来看望你的母亲，但其实应该是来找我的。我觉得她误会了我和有泽的关系。"

"她说了什么？"

"见到我，她很快就走了，几乎没说上话。"

"她当时看起来怎么样？"

"好像很自责，后悔来医院，甚至有一种自我厌恶的神情，感觉她当时很难受。她似乎有话对我说，但终究没说出来。我也不知道该怎么安慰她。"

笙一郎深深地叹了一口气："要是我没告诉她就好了。"

"告诉她什么？"

笙一郎没有直接回答，只是摇了摇头："她一直很在意梁平和你的关系……即使不清楚具体情况，她也能感受到你俩之间有很深的羁绊。我觉得不能简单地称之为嫉妒。总之，她很困惑，不知道自己该怎么办。我明知如此，但当她问起你的时候，还是告诉了她你的名字和工作的医院，因为当时的情形让我觉得不得不说。但是……如果我当时没说，她就不会来这里找你；如果她没来找过你，可能就不会那么自责……从结果看，我可能连梁平都害了。"

优希听得一头雾水："你知道有泽在哪儿？"

"不知道。"

"别隐瞒了，是你把他藏起来了吧？"

"我把他藏起来？……我真不知道他在哪儿。本来还以为他会受命在这儿蹲守监视你呢。葬礼那天也没看到他,是不是被叫去查别的案子了?"

"他失踪了。"

"啊?"

"有人怀疑是他杀了奈绪子。那个人你也认识,姓伊岛的警察,是他的上司。据说梁平给伊岛打电话说奈绪子死了,拜托伊岛去善后……还说都怪他,之后就去向不明了。我给他打过很多次电话,一直没人接。"

"傻瓜……"笙一郎像是在呻吟。

"你是不是知道些什么?"

笙一郎低下脸,用力摇头:"不可能是他!奈绪子的死……不是他干的。"

这时,笙一郎身后的电梯门开了。

有人从电梯里走出来,疑惑地看看他俩,从一旁走开。电梯门再次关上。

优希怔怔地盯着笙一郎。

笙一郎不停地摇头。

优希的身后有人经过,有物体碰撞的声响,也有人与人的说话声,但此刻那些存在对优希而言,都仿佛成了虚化的幻影。

笙一郎下定决心似的抬起头,直视优希:"小儿科那个被烫伤的小女孩……出院了吧?"

"嗯。"优希点点头。

"她母亲的保险金会打进那个女孩名下的账户。"

"什么意思?"

"我知道金钱其实不能代表什么。比如你觉得那笔保险金是用聪志的性命换来的，所以不想要。同样地，那笔钱对那个女孩而言也绝不可能代替她的母亲，相反，也许会让她感到困扰，或许令她因为用母亲死亡换来的钱长大成人而背上负罪感……但也有另一种可能，女孩可以认为是母亲为了自己而早已买了保险作好准备……这不是金额的问题，而是让那女孩相信母亲是真心爱惜她的。换言之，这笔钱能让活着的人继续保有幻想或美梦……这么一来，金钱就可以变得有意义。内心饱受重创的人想要继续活下去，必须有这种幻想或美梦……正如八号楼的孩子们曾经需要'理想的家人'……"

优希看着笙一郎的表情，听着他的话语，感觉另有隐情："你想说……"

"我完全没想到他们竟然怀疑是聪志杀了那女孩的母亲。"

"为什么？"优希痛恨自己只会反复问同一句话。

笙一郎皱着眉头，似在强忍剧痛地说："不知道……只能说那是一种冲动型的、突然发作的行为。我明明知道那么做不正常，却依然控制不住欲求。可那个人不一样，奈绪子……奈绪子……她不一样。"

笙一郎举起双手，掩住脸，久久没有动弹。过了好一会儿，才像剥皮似的，慢慢地将双手从额头抚弄到下巴。

放下双手，他深深低下头，仿佛要去窥探自己的身体内部。

"不过也许都一样。说到底，我从她们那里想要的其实是同一样东西。"笙一郎自问自答似的嘟哝着。

优希突然感到笙一郎的眼神非常可怕。

"长濑……笙一郎……鼹鼠……"优希轻轻呼唤，尝试让笙一郎注意到自己。

笙一郎呆呆地看着优希，像个迷路的小孩，瞳孔颤抖。

优希握住笙一郎的手。

笙一郎突然一惊，立刻想抽回自己的手。

优希紧握住不放，说出了她长久以来一直想说的那句话："我们走。"

她并不清楚要去哪里，只希望能去一个不同于此地的另一个世界。

笙一郎歪着脑袋，一脸不解。

优希微笑地看着笙一郎。

笙一郎的视线移至优希的颈部，他的眼神看起来好像非常害怕自己会突然发作，掐死优希，但仿佛又在诉说，那才是他的真正愿望……

优希点点头，更用力地握紧笙一郎的手，似乎在回应："可以的！只要你想，我就可以。"

突然，身后传来一声尖叫。

笙一郎比优希更快地作出了反应，迅速将视线从优希的脖颈处移开。

优希回头，循声看去，视野中的空间顿时变大，刚才仿佛远在天边的现实刹那间回到了身边。

一群人正聚在候诊大厅里。方才还在闲聊的患者、前来探病的家属都从沙发上站起身，大家的视线集中在一处。

一辆轮椅翻倒在地。岸川夫人昏倒在旁边，岸川先生正试图将她抱起。

优希转过头看向笙一郎。

近处响起轻柔的叮咚声。

笙一郎身后的电梯门又开了。好几个人走出来，其中有一名护士，一出电梯立刻慌慌张张地朝大厅跑去。

此时，笙一郎身后的电梯里空无一人。恍惚间，优希产生了一种错觉：这座无人的电梯俨然一个无底洞，正要将笙一郎吸入其中。

这一刻，优希并不想去管身后的病人，她只愿与笙一郎飞身跳入眼前的无底洞，去往陌生的地方。

她坚信在那里会获得幸福。

医院里还有别的医生、护士……不必非要自己过去，才能救助病人。

然而，笙一郎主动松开了优希的手，用眼神示意大厅方向："去吧。"

此时的笙一郎不再是迷路幼儿般的眼神，而是与他的实际年龄相符的……甚至是超过他的实际年龄的、强行压抑自己的、理性的目光。

"快去吧！"

笙一郎的话语好像一份救赎，令优希的心头涌起安心的感觉，同时伴随着深切的难过。

她宁愿笙一郎用力拉起自己的手，带自己离开。

优希噙着泪水说了句："对不起。"

笙一郎微笑着点点头。

优希转身快步跑到岸川夫人身边，听到岸川先生的大声呼叫和年轻护士呼唤岸川夫人的声音。她拍拍年轻护士的肩膀说："快去叫医生！"

年轻护士赶紧跑去护士值班室。

优希熟练地掰开岸川夫人的眼皮,检查她的瞳孔,确认了脉象虽然微弱,但还在跳动,呼吸也没停止。

一旁的岸川先生焦急地说:"求求您!救救她!"

"没事的,您放心。"优希说完,抬头张望,却已不见笙一郎的踪影。

电梯门早已关上。

优希好想大喊:"等一等!"但终究还是忍住,又低下头继续救治岸川夫人。

"她之前吃了太多的苦,理应得到更多的幸福……今后也必须更加幸福……求求您,救救她!"

"是啊,我也这么觉得。"优希边说边解开岸川夫人上衣的扣子,让她呼吸得轻松些。

3

完成交接班后,优希又留下来帮了一会儿忙,直到熄灯时间才收工。

离开医院前,优希决定去岸川夫人的病房看一眼。

她之前是因为憋尿太久,加上肾脏本来就有毛病,一时突然恶化,结果失去了意识。经过抢救,体征已经稳定下来。

以前的她还可以自己排泄,即使身体虚弱,也宁愿拜托护士扶着去如厕,而不是穿上成人纸尿裤。医院方面告诉过她,如果如厕需要帮忙,不用怕麻烦人,只管按呼叫铃。不过岸川夫人是出了名的不爱麻烦人,特别是不愿麻烦她的丈夫。

岸川先生曾对此颇为不满,反复叮嘱,如果有尿意,千万不要憋，随时开口。岸川夫人虽然听的时候点头说好，但大部分时候还是选择憋着不说。

从围着岸川夫人病床的隔帘里透出微弱的灯光，优希轻轻走近，用尽量不吵到同病房另外三名患者的轻微声音问候："我是久坂。"

"请进来吧。"隔帘里传出安详的声音。

优希走进隔帘。

岸川夫人把枕头垫在背后，坐在床上，在窗边台灯的光照下，她的满头白发异常醒目。她手里拿着书，戴着老花眼镜，那模样让优希心里咯噔一下，刹那间想起了曾经的志穗。

"你看，我都戴老花眼镜了，年纪大了，没办法。"夫人苦笑着，边说边摘下了眼镜，把书放到一边，"你和那个小伙子怎么样了？"

优希被问得不知如何作答。

"之前我们出电梯的时候，你俩正在说很重要的事吧？抱歉，打扰到你们了。"

"没有。"优希努力笑着回答，但真情实感终究掩饰不住。

"真对不起。"岸川夫人满脸抱歉。

笙一郎走后，优希曾打过很多次电话给他，但都没人接。

"您不要再憋尿了哦。"优希嘱咐道。

岸川夫人点点头："我明白……"

"您很快要做手术了，可不能在这个时候身体出状况，不然得不偿失。另外，岸川先生说您连想去厕所那么小的事情都不告诉他，他真的很伤心呢。"

"别看他一副粗人模样，感情可细腻呢。"夫人笑着说道，却叹了一口气，垂下肩膀，"但有时候，接受自己的全部，反而会是一种负担。我当然希望被认可、被接纳，但我不是婴儿，而是独立的成年人，想活得有尊严……所以有些事情没法让步或妥协。你觉得呢？"

"也许吧。"

"我想牢牢把握住只属于我的东西、精神上的东西……抱歉啊，上厕所那么小的事，却扯这些大道理，让你见笑了。"

"不会……"

"对我来说，他的存在是能让我卸下所有防备、感到安心、完全放松的港湾。我希望自己对他而言也是同样的存在。只要拥有这样的港湾，就能鼓起独立向前迈步的勇气和力量。但这并不意味着要把自己的一切都交给对方，更何况我现在是病人，已经很依赖他了，所以更想守住最后的坚持……比如在他面前选择憋尿。"

"我明白了。"优希点点头，笑着对岸川夫人说，"但是作为医护人员，我还是必须对您说：请不要憋着。您这么憋下去，只会让您更加依赖您丈夫。"

"也对。那我得想想在别的事情上较劲了。"岸川夫人耸了耸肩，做出调皮的表情。

"刚才您晕过去的时候，岸川先生反复念叨着希望您能更加幸福。"

"幸福与否并不取决于生命的长短。我已经够幸福了……接下去该考虑死的问题了。"

"您别这么说……"

"我完全没有消极的意思。和你聊过很多次，我明白了，你一直希望患者住院治疗后能享受更加丰富精彩的人生……但其实每个人都有可能在下一秒死亡，所以不只是如何生存、生活得更好很重要，正视自己的死亡也很重要，不是吗？我觉得有必要作好包括心理在内的各种准备。无论如何抗争，总会有一切归无的那一刻。我不想为了做成某件事而去牺牲某人或某物，只愿尽可能地保持一颗正直的心，珍惜眼下无可取代、弥足珍贵的平凡生活。"

岸川夫人说着，将双手举到眼前，摊开手掌，我见犹怜地看着一道道掌纹："与那个人的相遇让我相信，活着不是一种过错，这就够了。如果有人夸赞赤身裸体、毫无掩饰的自己，哪怕只是客套，也会很开心，不是吗？所以，知道对方是真心爱着自己的时候，就足够幸福了。男人肯定也一样，会介意自己是否看起来很高大、对方是否感受到自己的心意……所有人都希望被夸赞。能遇到一个夸赞自己的人，此生足矣。"岸川夫人说着，突然感到有些害羞，赶紧捂住嘴，不好意思地抬头看看优希，"对不起啊，这些话，不该和你这未婚姑娘说。"

优希摇摇头。

短暂的寂静时光在病房中一点点流逝。

"我可能要和您说再见了。"优希首先打破沉默。

岸川夫人睁大眼睛："你要辞职？"

"并不是因为厌烦了现在这份工作，而是那天晚上，您说的那番话让我深有感触。我不是因为觉得空虚或自暴自弃才想离开的。"

"我能问一下理由吗？"

"有个人……我想和他在一起。"

岸川夫人点点头。

"我不知道能和他在一起多久,也不知道能和他一起过怎样的生活……应该过不了人们眼中的普通生活吧?也许每一天都得赎罪……虽然不知道如何赎罪、赎多少罪,但他曾说过,有时候,活着本身就是赎罪。"

窗外是哗哗的雨声。这场从傍晚开始的雨似乎越下越大。

岸川夫人不再说什么,只是抓起优希的手,带着鼓励与祝福默默地握了许久。

优希低下头,轻轻地走出岸川夫人的病房,却不想马上回家,于是又来到麻里子的病床边。

麻里子一脸安详,正在熟睡。

她的脸上曾经愁云密布,满是受伤后的愤怒、怨恨、求安稳而不得的惶恐与不宁,还有自责带来的焦躁与苦恼……不过现在,那些糟糕的表情都已消失不见。

她的表情让优希再次感叹,痴呆症对看护者而言,照顾起来很是辛苦;对本人而言虽说是一种悲剧,却也不全是。

因为她活着,所以才能露出现在这样的表情。这让优希感受到深深的宽慰。

妈妈,您不能死啊。

优希看着麻里子,却是在对志穗说话。

死了,就不能真正地赎罪;死了,就会失去拯救他人、得到慰藉的机会……

优希走出病房,换上茶色羊毛长裤和灰色毛衣后离开医院,坐上出租车直奔笙一郎的律所。

见窗口没有灯光,优希让司机暂时等一下,自己上到三楼的律所,却发现大门紧锁。优希判断笙一郎的家里一定也没人。

无奈,优希只能回位于蒲田的自己家。不知不觉,已过了午夜零点。

雨越下越大。从出租车上下来的时候,优希把包举在头顶,跑回公寓。雨水浸透全身。

她掏出钥匙打开门,正准备开灯,突然觉得昏暗的屋内有些异样,呼吸到的空气也感觉有些陌生,弥漫着不同于自己的、带着别样体温与热度的气息。

一想到如果是笙一郎,一定会怕黑,优希立刻打开灯,却只看到无人的、十平方米左右的房间。优希心头一凉,却还是轻轻地唤了一声:"长濑……"刚转身锁好门,突然听到一个声音:"不是长濑。抱歉,让你失望了。"

"有泽?"

优希赶紧脱掉鞋子走进屋。

梁平盘腿而坐,头发全湿,肩上搭着一条毛毯:"对不起,我自说自话地从你的橱里借了条毛毯。淋了雨,太冷了。"梁平淡淡一笑,低着头吸了吸鼻子,"没想到你家里居然连取暖器都没有。不过你大部分时间都在医院,所以用不着,是吧?"

梁平的目光躲躲闪闪,仿佛不敢与优希对视。优希感到恼火,干脆把包一甩,蹲在他面前:"你到底是怎么回事?这么久,都去了哪里?"

梁平胡子拉碴,脸色很差,脸颊明显消瘦了许多,那股仿佛向着暗处发光的眼神与笙一郎非常相似。

"你没有关窗,"梁平故作轻松,为了岔开话题,故意看着窗户说,"你这儿是二楼,可不能大意。只要爬上对面宿舍的围墙，就能轻轻松松进入你的屋子。"

优希朝窗户看了一眼。窗帘拉着，小桌上的骨灰盒端端正正地摆在原处。她再次转过脸看着梁平："你到底去哪儿了？"

梁平瞥了优希一眼："今天中午……不对，应该说是昨天中午十二点左右，你去过自由之丘的公寓吧？"

"你是说长濑家？"优希想起刚才离开笙一郎的公寓去车站时，确实感觉到身后有人。

"你也去了？"

梁平低头不答。

优希心里很难受："把头发擦干，别感冒了。"说完站起身拉开壁橱，取出一条在休息日刚拿去投币式洗衣房洗干净的毛巾递给梁平，"你淋湿的衣服呢？"

梁平看了一眼放在身边卷成一团的西装和大衣："只湿了上半身，没事。"

"得晾起来，不然干不了。"

"不能晾在外面被人看见的地方……我现在还不能被抓。"

优希安慰说："我确认过很多次，没人监视这里。"

梁平皱起眉头："你为什么要确认？"

"伊岛来过，神奈川县的警察也去医院找过我。"

"伊岛主任？他来这里……"

外面下着雨，优希便把梁平的大衣和西装挂在衣架上晾在室内，一边挂衣服一边简单地对梁平讲述了伊岛来这里的经过。

"这么说来，大致的情况你都知道了啊。"梁平更像是在自言自语。

优希站在水槽前："喝杯咖啡吧？不过我只有速溶的。"优希边说边用水壶接了水,放在煤气灶上,然后点着火。

她呆呆地看着蓝色的火焰,过了好一会儿才又开口说:"奈绪子去医院找过我。"

梁平大吃一惊。

优希不敢看梁平的表情,也觉得梁平应该不希望被自己看到此刻的模样,于是仍站在水槽前问道:"她是你的恋人吧?"

梁平沉默片刻,含糊不清地说了声:"嗯。"

"伊岛说想和你好好聊聊,还说想听你解释清楚——你说都怪你到底是什么意思?"

"没什么意思。是我……杀了她,就是用这双手!"梁平用几近自暴自弃的语气说道。

优希看着煤气灶上的蓝色火焰,一个劲地摇头:"别再骗我了……我们都不能再说谎了。"

梁平没有吱声。

"长濑去过我们医院。"

"笙一郎……什么时候?"梁平起身走到厨房,凑近优希的背后。

优希依旧没有看他,缓缓道来:"昨天下午。他对我说,是他把奈绪子……"优希感到胸口发堵,赶紧调整一下呼吸,"你也知道是他,对吗?所以一直在他家附近守着!"优希声音颤抖,拼命控制着自己的感情。

她感觉到梁平正用针刺般的视线追问自己——

听说笙一郎杀了人,他为何还能如此淡定?他为何没有震惊失措?

优希保持原有的姿势,佯装平静。

"是他说的？他没说为什么要那样做？奈绪子和他……为什么会变成那样的结局？"

"没有，他什么都没说。"

灶头上，煤气的燃烧声仿佛钻进了内耳。

优希听到梁平在叹气，似乎还带着呜咽。

她用眼角瞥见梁平重新回到壁橱前坐下。

"奈绪子的表情并不痛苦。"梁平语气平静，"我发现她的时候，她躺在被子上，双手交握，头发一丝不乱。一开始，我真以为她是睡着了。她身上没有一点儿伤，且干净整洁。我猜是笙一郎替她整理过的。奈绪子平静的表情让我觉得，她自己希望死去。所以这得怪我，不是吗？是我让她产生了想死的念头……至少我有一部分的责任……我并不想去告发笙一郎，也做不到去抓捕他，但我想知道究竟是怎么回事、为什么会变成那样、他和奈绪子之间到底发生了什么。我想听他亲口对我说清楚。作为警察，我必须服从组织安排，参与集体行动，而且这个案子的辖区不归我所在的警署，所以我决定一个人去找他。但我又不能扔下奈绪子不管，于是打电话拜托伊岛主任帮忙善后。"

此刻，在优希眼中，不只是蓝色的火焰，连水壶甚至整个水槽都在晃动。优希感到很不可思议。过了好一会儿，才意识到是自己头晕。她用力闭了闭眼睛，把视线转向别处："你怎么知道是他干的？"

优希没有听到梁平的回复，却听到了衣服的摩擦声。优希循声望去，只见梁平走到挂衣服的地方，正把手伸进大衣口袋。

"因为他把这个整整齐齐地叠好，放在了奈绪子的枕头边。"梁平摊开右手，里面是一团灰色的、好像小手帕的东西。

优希不明所以地看看梁平。

梁平举起右手用力一抛。

细长的布条被抛至空中,完全展开,一端被梁平攥在手里,另一端则慢慢地落到榻榻米上。

布条已发黄、破旧,且带有污渍。

"因为这块纱布!"

"纱布?"

"你刚到双海儿童医院那天……这是你掉在沙滩上的。我们仨第一次相遇的时候,你从海里走出来,这条纱布从你的左腕上掉落下来。我和他抢着去捡,互不相让,结果用力一扯,一分为二,我俩各执半条。"

优希难以置信:"可那是十八年前的事了!"

"是啊,十八年了。"

"怎么可能保留到现在?"

"他一直保留着,我也是。"梁平说着,左手伸进左边的口袋,掏出另一团颜色、形状相似的布条,"虽说不至于每时每刻随身携带,但一直都装在护身符的袋子里用心保存。我估计他也一样。但他把这个放了奈绪子的枕头边。我知道,他是想以此告诉我是他干的,也许还在示意他对你断了念想……十七年前,虽然我们各奔东西,但内心从未分离。然而,他放下纱布的举动却在说,这一次是真的要彻底分开了,因为这块纱布对我俩来说,实在意义重大。"

"分开?"

突然,水壶的叫盖儿响了,优希赶忙关掉煤气。

"笙一郎只说了奈绪子的事?"梁平问道。

优希看看他。

"他除了坦白对奈绪子的罪行,有没有说其他的?"

优希犹豫着想糊弄过去,张了张嘴,却什么都说不出口。痛苦地挣扎了片刻后,她艰难地坦白道:"还有那个被烫伤小女孩的母亲……"

梁平立刻表情变得扭曲,身体靠着墙滑坐下来,狠狠地用握着纱布的右拳捶打自己的膝盖:"一开始我还怀疑你。"他咬着自己的拳头、呻吟般地说道,"对于那起案件,我也很混乱,曾经以为是你干的,所以在现场的草地里乱踩一通,担心你可能一不小心遗落了什么东西在那里,还拼命找了很久。但当伊岛主任怀疑聪志的时候,笙一郎维护他到了反常的地步,我才开始觉得不对劲。如果我那时深究下去,奈绪子也许不至于……即使奈绪子求死,至少不会是他成了凶手。"

梁平突然抬起头,使劲地朝墙上撞自己的后脑勺。

优希只能眼睁睁地看着,什么都做不了。

梁平把头靠在墙上:"我也有过和笙一郎同样的冲动,极度痛恨那个被烫伤小女孩的母亲,只不过笙一郎先动了手。也许正是因为我觉得自己与笙一郎同样有罪,才没去深究。"

"可是……我觉得,他其实希望你去追究。他对自己犯下的罪感到非常痛苦。他只能用金钱去弥补对方,可是这又让他痛上加痛。"

"他太残忍了。"

优希有些意外:"为什么这么说?"

梁平愤怒地看着优希:"你觉得我做得到吗?把笙一郎抓起来、制裁他?他求的绝非不痛不痒的惩罚。他要的是重罚!可我做得到吗？他做了我想做却没敢做的事。对于那个把女儿烫成重伤的女人，我也是满腔怒火。当我看到她的尸体时，我觉得无论是你还是笙一郎干的，其实都是替我干的，所以我觉得对不起你们，而且这种感觉……并非只有这一次。"

梁平看着手里用力攥紧的纱布："那时候，我也没干……也是他替我动手……"梁平的语气中充满了悔恨。

"什么时候？"优希不解地问。

梁平朝志穗和聪志的骨灰盒抬了抬下巴："你打算什么时候让他们入土为安？"

优希急了："别岔开话题！什么叫那时候也是他替你动手？"

梁平站起身走到小桌前，俯视着骨灰盒："你父亲……"

优希倒吸一口冷气。

"那时候也是，关键时刻，我退缩了。明明已经在心里发过誓，到了山顶一定要干……明明在八号楼的楼顶，我和笙一郎都抢着说要自己动手……可到了真该出手的时候，我却完全呆住，没动。"梁平说完，跪坐在小桌前。

梁平像是在对两个骨灰盒忏悔似的，垂着头说："你还记得吗？登上山顶后，我们重新归队，被骂得很惨。下山的时候是和大家一起走迂回的登山路，并在山间小屋那里和笙一郎的母亲以及你的母亲会合。休息片刻后，我们朝停着大巴的服务站走去。途中有好几处竖着'注意落石'的告示牌，我和笙一郎先前已经商量好要在其中一处动手。刚好你父亲走到一处有告示牌的地方时，浓雾袭来，没人会看清谁做了什么。当时你和你父亲并排走在一起，我和笙一郎紧随其后。我当时心想：机会来了。之后，浓雾加重，你父亲的背影好似沉入白流，看不见形体，但我听到你父亲喊了一声'别动'，可以判断他所在的位置就在落石流的前方，只要推一把，就能了结一切。关键时刻，我和鼹鼠同时向前迈了一步。当时，雾已经浓到我完全看不见鼹鼠在哪里，可是我无论如何都没能迈出第二步，只是呆呆地站在原地。紧接着，我听到你父亲惨叫，还有石头滚落的声音……是他干的！是鼹鼠替我动了手。没有资格的人是我。可不知怎么搞的，他一直有所误会，总说自己没资格……明明他才是那个有资格的人！"

梁平说话间，感到眼前仙客来的白色花朵似在剧烈晃动。

优希将憋了许久的一口气吐了出来："不是的！"她无力地瘫坐在地上，"不是他，是我……是我干的……"

4

雨水打在窗玻璃上，聚成一道道细流，向下淌落。

笙一郎把额头抵在玻璃上。

芝浦工厂的灯光、远方彩虹桥的霓虹……都好似渗透进了顺流而下的雨水中。

这里是位于高轮的一家酒店十楼的房间。

窗户并没有封死，留出刚好容纳一个成年人通过的空隙，用以通风。向下看去，霓虹灯在下方水泥地上的积水中摇曳晃动。

对笙一郎而言，事实意义上的死并不可怕。

但他害怕死的概念与形象，因为那意味着死去之地会让他感到幽闭与黑暗。

他对黑暗惧怕至极。

一个人去死这件事，让笙一郎想象到自己在无尽黑暗中孤苦伶仃的模样。

也正因为如此，无论是跳楼还是上吊，他都没法迈出赴死的最后那一步。

笙一郎离开窗户，回到床边的茶几前坐下。

茶几上放着酒店准备的假玫瑰花。红色已经变淡，做成花瓣的布片有多处破损。

他叼着烟点上火。最近他总觉得胸口里面有异物，而且在一天天地变大。他狠狠地吸了一口烟，仿佛要用烟草将那异物从胸中熏走。

他咳嗽了一阵，用脚踢了踢茶几下方的公文包。

公文包里装着四千五百万日元的现金。他打算等天亮后把钱交给被害人的家属，了却最后的心事。

律所的办公室已经办完退租手续，处理废弃物的公司今天早上已经去过，清了场。

还没了结的案子大多介绍给了与自己有交情的其他律所；而那些由他担任顾问的企业客户，他也早已通知对方自家律所关门的消息，并把相关文件全部送还；至于他自己这些年来整理、积攒的资料，则都用碎纸机处理后当作垃圾扔了。

他把公寓也退了。和律所一样，负责处理的公司也是今天早上去清空了房间。

包里的现金有一部分是麻里子入住养老院要交付的。与奈绪子发生那件事之前，他已经在慢慢筹钱。

首先，他把担任顾问的企业关于轻井泽疗养所的信息卖给了清盘人。之后，又受同一间公司的董事所托，为他们处理了烂在手里的股票，所得钱款以"交给第三方存管"为由，打进了笙一郎事先准备好的账户。

仅靠这些操作，还远不能挣到他的目标金额。于是他主动联系清盘人，把委托自己处理逃税案件的资产家在东京市内苦于不知该如何处理的两处房产的相关资料和委托书拿出来，甚至带清盘人去实地进行确认。三天前的周五，清盘人带来一个自称中间商的男人，按照笙一郎的开价，把产证、转让书、印章证明、委托书等一并取走。虽说他们暂时只给了首付，但和之前赚的加在一起，已经超过了笙一郎的目标金额。

不过，他卖掉的那些资料中其实只有一部分是真的。笙一郎做过手脚，一般人没法马上看出来。稍后，等那些土地买卖、融资项目等进入实质性的过户手续时，一定会被判无效。

笙一郎对瞒骗清盘人那种家伙很有把握。清盘人之所以把律师拉入伙，无非是因为律师所提供的信息可信度高，且世人对律师头衔都有着盲目的信任；而且在通常情况下，作为社会精英的律师都非常害怕失去名誉和地位，所以一旦上了贼船，都不敢轻易反悔、背叛。笙一郎利用的正是对方这种心理。轻井泽疗养所的资料本身都是真的，笙一郎以此让对方以为捏住了自己的把柄，对自己之后的操作深信不疑。

当然，笙一郎知道不可能一直骗下去。他预估过完这个周末，清盘人就会开始各种调查。零点已过，日期变为十二月一日，周一。如果他们动作够快，也许今晚或明早就会开始到处寻找自己。过不了多久，他们背后的黑社会也会出动。

靠轻井泽疗养所进账的部分，会用来交付麻里子的养老院费用；之后弄到的部分，则要交给两位受害者的家属。

昨天，笙一郎离开多摩樱医院后，去了那个被烫伤的小女孩的家里。

笙一郎先把一张假的律师名片递给孩子的父亲，说自己是来交付他妻子的保险赔付金，还给一脸震惊的对方出示了一堆文件。笙一郎告诉孩子的父亲，保险金的受益人是小女孩，是母亲为女儿偷偷买了人寿险。然后拿出现金堆放在桌子上。

笙一郎拿给孩子父亲看的材料是照着保险公司的真实文件伪造的，因为之前多次处理过同类文件，他手里有备份。当然，如果去调查一下，很容易发现是假的。笙一郎装模做样地让对方盖了章，然后把所有材料收进包里。满脑子只有四千万现金的父亲完全没心思怀疑文件真假，嘟嘟囔囔地说着担心要支付高额所得税之类的废话。

笙一郎与那位父亲交谈时，被烫伤的小女孩正躺在隔壁的房间里。虽说笙一郎与小女孩在医院见过面，但小女孩似乎并不记得他。

笙一郎对躺着的小女孩说："这是你妈妈留给你的钱。"

小女孩脸上没有任何的表情变化，甚至看都没看笙一郎一眼。笙一郎明白，失去母亲的心理创伤不可能轻易愈合，但他依然希望能将母亲的爱以一种相对妥善的方式传递给她、鼓励她，哪怕是撒谎。

"您太太真的很爱这个孩子，请把这笔钱用在孩子身上。这是孩子母亲的遗愿。"笙一郎对小女孩父亲说完这番话，趁对方不注意，迅速抽走放在桌上的那张假名片，然后转身离开。

再过几个小时，等天亮之后，他打算去五月末他在多摩川绿地杀死的那个中年女人的家里。他事前让侦探调查过对方的家人，知道死者有两个已婚的女儿，且各自都有一个孩子。

笙一郎准备把钱款一分为二，以保险金的名义送给死者的两个外孙。他还没想好是否要和昨天一样向她们出示名片和文件。以防万一，他决定戴手套操作。他相信巨款当前，很少有人能不为所动。即使家属觉得可疑，把钱交给警察，也不会有"失主"前去认领。笙一郎希望死者家属能把这些钱视作一位母亲、一位外婆给他们留下的礼物，以此作为些许的安慰与补偿。

然而，奈绪子不一样。

他与奈绪子之间有着某种情投意合且牢牢地捆绑在一起的东西。

如果给同样是死者家属、悲伤不已的奈绪子的哥哥送钱过去，估计只会让对方产生怀疑。而且笙一郎觉得，奈绪子一定不希望自己这样做。

最初的犯罪完全是突发的、冲动的。

那是五月二十四日，他与优希、梁平在时隔十七年之后再次相遇的那个夜里。

深夜去医院看过母亲，他漫无目的地沿着多摩川信步而行，边走边后悔：为什么要三个人见面？为什么要见面？

自己没能动手去杀优希的父亲，没能在关键时刻推他一把。

在曾经与梁平商量好的地方，在浓雾白流中，雄作的后背近在眼前。之后，虽隐入雾中，却依然可以凭声音确定其位置。明明想好了立刻就动手，明明与梁平同时向前迈了一步，然而，笙一郎却犹豫了，最终没有迈出第二步。梁平的身影也隐没于浓雾之中。此后很快听到了雄作的惨叫声与石头滚落山崖的声响，所以一定是梁平继续向前伸手，将雄作推下山崖……

就在同一时刻，笙一郎还输掉了另一场赌约。

当时，在笙一郎眼中，优希的父亲与自己的父亲重叠在一起，杀死优希的父亲就等于杀死自己的父亲。换言之，能够实现一种超越。

因此他曾经暗自期许——

如果成功杀了他，自己的那家伙就能重新勃起，抛弃了自己的父亲就能回头来找自己，对自己不管不顾的母亲就不会再做傻事，而自己一定能变得强大……

然而，正因为雄作的身影与自己父亲的相重叠，才导致他终究没能动手，因为他无论如何都无法动手去杀自己一直崇拜着的父亲。

笙一郎的性功能一直没有恢复。无论是和美女独处一室浓情蜜意时，还是去风月场所寻欢作乐时，每次都以失败告终。因为那个没能在雄作背后推一把的自己总会挡在眼前，那个在神明山森林里叫喊着"没用也无所谓！没用反而更好！"的优希的声音总会犹然在耳。

因此笙一郎觉得，在双重意义上，自己都没资格得到优希。

即便如此，笙一郎依然深爱优希，只爱她一人，但又不得不把她让给梁平。这让他感到痛苦万分。

这种痛苦还加深了笙一郎对麻里子的痛恨与愤怒。

可是以麻里子现在的状态，她已经无法理解笙一郎的愤怒和痛恨了，而且，她完全没有康复的可能。相反，笙一郎还得保护麻里子。

如果她死了，自己就能不再管她，甚至在她墓前唾弃她。然而，麻里子活着、傻笑着，露出天真的表情，像幼儿般向笙一郎伸出双手叫"爸爸"。

笙一郎想让母亲为他的生活负责、向他道歉、理解他、让他有机会撒娇的愿望再也不可能实现了。

那一夜，正当他怀着如此郁闷、憋屈的心情眺望河流时，突然闻到了和麻里子以前用过的香水一样的味道。

那个女人主动向他搭话。她为了抽烟而点燃了打火机，看起来和麻里子同龄或稍稍年长，打扮得像个做皮肉生意的。

要善待你的父母——那个女人满嘴说教——做父母的都很辛苦，你要懂得体谅！

笙一郎听得血脉偾张，心跳加速。他完全控制不住自己，积郁太久的阴暗情绪一下子爆发。

见那个女人转过身去，笙一郎捡起脚边的一块石头。香水味越来越刺鼻……紧接着，他闻到了混杂着青草香的血腥味。

等他清醒过来的时候，发现自己正骑在那个女人的身上，双手牢牢地掐住她的脖子。

女人早已断气。

笙一郎对自己的所作所为震惊不已，备受打击。当时他唯一能想到的只有毁灭证据。他把作为凶器的石头扔进河里；用衬衫的袖子擦拭了被害人的脖子——因为曾经在司法实习时听说死者的皮肤上会留下凶手的指纹；再把被害人拖到岸边，然后推进水位已上升的河流之中。接着，他捡起女人的手提包，确认周围没有落下什么东西后离开了现场。打火机和手提袋后来都被他扔进了距离现场很远的垃圾场。

事后，他曾反复问自己：当时想掐的是不是自己母亲的脖子？可始终没有答案。

第二次杀人也是一时冲动。

不过与第一次相比，这一次是有主观意识的行为。

同样是在医院看望过麻里子之后，他与那个把女儿烫成重伤的女人擦肩而过。

一开始，他没想到会发生后面的事。之前明明见她朝国道方向走去，结果过了一会儿，她却绕回医院门口，这让笙一郎大吃一惊。现在回想起来，在那个瞬间，他脑子里冒出来的念头是：她是故意出现在自己眼前，她希望受到惩罚。

另一方面，他意识到自己正在不断腐坏、堕落，但又完全控制不住自己。

那个女人曾瞥了笙一郎一眼，然后朝多摩川方向走去。这让笙一郎感觉是她在发出邀约。

"母亲"希望受到惩罚，她在渴求原谅。

笙一郎跟在她后面，来到多摩川的岸边绿地。

她在等待着受罚，像一个完全放弃了抵抗的罪人，背对着笙一郎。

笙一郎捡起脚边的一块石头。

第二次行凶也和第一次一样，笙一郎毫无计划地先砸中了她的后脑。后来他曾想过，之所以先砸中后脑勺，是因为在潜意识中，他害怕对方反抗，并坚信"母亲"肯定比年幼的自己更有力气……

血腥味、青草香……等他回过神来的时候，发现自己已经骑在她身上，掐住了她的脖子。

也和上次一样，罪恶感、恐惧感和对自己强烈的憎恶感顿时涌上心头。他擦了擦被害人的脖颈，带走了作为凶器的石头，还确认过周围是否留下日后可能被当成物证的东西。

他做梦都没有想到警察会怀疑到聪志身上。

然而，他并没有去自首。他没办法扔下自己的母亲，更重要的是，他害怕优希鄙视自己。

所以他希望由梁平前来惩罚他，但并非以逮捕的方式，他要的是根本性的惩罚。如果他没有爱优希的权利、没有被优希爱的资格，那么，他希望梁平能亲手将一切终结。所有的罪恶、责任、耻辱以及再次犯罪的可能性……还有对优希的爱而不得……他相信能结束这一切的只有梁平。

可梁平竟然完全不来追究自己，这让笙一郎感到非常恼火。

他痛苦不已，不知道除了梁平，还有谁能让一切全部结束，还有谁能将自己从所犯的罪行、从对优希和对麻里子的复杂情感中解脱出来。

笙一郎想到了奈绪子，她同样一心求死。

那天晚上，奈绪子打电话给他，用虚弱无力的声音求他过去见一面。奈绪子的声音让笙一郎无法坐视不管，但现在想来，也许当时应该置之不理。

另一方面，笙一郎自身也想得到慰藉。他抱着寻求拯救的愿望去了奈绪子那里。

小酒馆的一楼已经空空如也。奈绪子请笙一郎上到二楼，二人拿着日本酒和杯子，在里屋相对而坐。互相寒暄过后，都没怎么再开口，只是静待时光流逝。直到喝掉大半瓶酒，都有了些醉意，奈绪子这才先开了口："能说说你们以前的事吗？"

奈绪子说她知道那是十七八年前的事。

笙一郎觉得没必要再隐瞒，相反，他渴望说出一切。

于是，他很自然地向奈绪子讲述起双海儿童医院、与梁平成为好友的契机、两个人的绰号以及如何在海里遇见优希。

这是他第一次对别人聊起这些，说着，还从钱包里拿出那条珍藏已久的纱布给她看。

"你一直随身带着？"奈绪子吃惊地问。

笙一郎说这就像是他的护身符。

"阿梁也一样吧……"

笙一郎觉得奈绪子问的时候并没想听自己的回答。

他继续说起以前的事情——

优希躲进明神山的森林里，他和梁平一起去找她。树叶间透下来的光斑、让人感觉像巨大生物的森林、仿佛连接着地球中心的大樟树、樟树对面的山洞……他们在山洞里找到优希后，将毛巾盖在她身上……

优希变得很享受登山疗法。但在暑假前，她突然从净水塔上跳下来寻死。之后，身体的伤虽然恢复了，但她还是在一个暴风雨的夜晚从医院里逃了出去，于是他和梁平去山里找她。终于，在那个暴风雨的夜晚，在神明山的森林里，他们仨说出了各自的秘密，并安慰了彼此。

那一夜，他们仨毫无保留、没有掩饰地将身心所受的伤痛都说了出来。

从头至尾，奈绪子没出一声。

笙一郎抬头一看，她早已泪流满面。

笙一郎继续自言自语般地说下去——

三个人敞开心扉后，度过了那个秋天。运动会上的接力赛跑、文化节时在墙上作画、熊熊燃烧的篝火、满天繁星的夜空、大海的浪涛声……

他们曾以为一切都会好起来。可是优希又被她父亲糟蹋了，所以他和梁平决定杀死那个禽兽。那个冬季、那场大雪……春天，他们登上灵峰。结果，出手推了优希父亲的人是梁平。

"所以……是那小子……他才有资格。"

奈绪子点点头："后来呢？"

"后来我们各奔东西。"

等浓雾散去，大家发现优希的父亲已跌落深谷。

现场有落石，还有血迹。众人聚到一起，乱作一团，有的用无线电向山下求助，有的提出下去山谷施救，有的担心再有落石而建议先行撤离……场面一度混乱不堪。

最后决定让大部分医生、护士和老师留在现场，孩子们则由家长们带着赶紧下山。

优希和志穗留在了现场。

笙一郎等人在下山途中，与携带装备的救援队擦肩而过。等他们回到停放大巴的服务站时，看到救护车已停在登山口附近待命。

在停放大巴的地方，警察也已赶到。

因为事发时笙一郎和梁平就在雄作旁边，警察向他俩问询情况。二人都说因为雾太大，什么都看不见。

笙一郎没敢看梁平，他觉得如果看到梁平自豪、明亮的神情，自己一定会难过至极。

一个多小时后，太阳开始西下，有家长建议先让孩子们回医院。于是大人开始指挥孩子们坐上大巴。

笙一郎和梁平试图留下，但和他们一起下山的小野医生一个劲儿地催他俩。就在你拉我躲之间，他们看到登山道方向走来

第十五章　一九九七年初冬

了一群人。

走在队伍最前面的是救援队的人。他们抬着担架，上面盖着毯子。之前留在现场的医护人员等紧随其后，每个人都神情凝重。队伍的最后是被护士搀扶着的优希和志穗。

优希双眼失焦，步履蹒跚，脸色煞白。

梁平先冲了过去，笙一郎紧随其后。二人站在优希面前，直直地看着她。然而，优希像戴着假面，毫无表情。

很快，笙一郎和梁平被护士拉走。

他们看着担架被送进救护车，优希和志穗也坐了进去。优希直到车门关闭的最后一秒都未曾朝笙一郎他们看过一眼。笙一郎和梁平看着救护车渐行渐远，那是他俩最后一次见到少女时代的优希。

笙一郎和梁平回到医院后，警察再次向他们确认事情的经过，他们依旧回答说什么都没看到。笙一郎听梁平回答时，感觉他说话特别有底气，再度感到心碎不已。

在他们前后回到医院的麻里子和梁平的叔叔婶婶也分别接受了警方的问话。他们同样说什么都没看到，还说在当时的自然条件下，即使发生事故，也不足为奇。

麻里子怕惹麻烦，担心被卷入事件，不停地嚷嚷着说想快点儿回家。梁平的叔叔婶婶也嘟哝着说如果老老实实地待在原地，应该不会出事，还说想不通优希的父亲为何会乱动。

十点过后，大家终于得以解放。二人回房间收拾完行李，直接出院。在病房里，笙一郎很庆幸梁平没和自己说话。他觉得如果梁平向他炫耀："是我干的！是我赢了！"他一定会忍不住冲上去揍他。

二人默默地走到医院大门口时，看到麻里子和梁平的叔叔婶婶、小野医生及护士们都已等在那里。护士们劝他俩像朋友一样道个别,但笙一郎没有抬头,梁平也一言不发。

在医院的停车场,那是笙一郎最后一次看到孩提时代的梁平。他在上车前的最后一秒抬起头,发现梁平正站在车子前看向自己这边。

让他震惊的是,梁平的脸上居然是一副马上快哭出来的扭曲状。他不明白已经获得去爱优希的资格的梁平为何要哭。梁平咬着嘴唇,指着笙一郎,像在恨恨地说:"你小子!"但笙一郎不懂他到底是什么意思。

梁平钻进车里,笙一郎这才慌忙地举起右手,还没来得及挥手,梁平坐的车子已经消失在前方。此后整整十七年,他始终没见过梁平。

出院后,笙一郎和母亲麻里子一起生活。没过多久,麻里子又开始出去找男人。笙一郎一边打工送报纸,一边读完中学,之后又靠打工通过了大学入学资格考试,然后来到了神奈川县。但他一刻都未曾忘记优希。

与此同时,他也没忘记自己没有资格。他是性无能,这个事实如同沉重的枷锁,禁锢、折磨着他。

只是说了些以前的事,已经让笙一郎感到筋疲力尽,甚至没意识到自己早已泪流不止。直到随手抹了一把脸,才发现掌中全是泪水。

他有些难为情地转过脸,可眼泪还是一个劲儿地往外涌。

奈绪子靠近笙一郎,轻轻地把他抱在怀里。

笙一郎没有抵抗。她的体温让他感到既温暖又舒心。

奈绪子抱了他一会儿,轻声问:"现在还是不行吗?"

笙一郎一时间没懂奈绪子的意思。

奈绪子站起身,拉住电灯的灯绳,问:"如果是一片漆黑,你会害怕吧?开一点儿灯可以吗?"

笙一郎虽然感到困惑,却还是点了点头。

奈绪子拉了一下灯绳,亮度被调至微光。

奈绪子平静地说:"把壁橱拉开吧。"

笙一郎感到有一股无法抗拒的力量支配住了自己。他乖乖站起身,拉开壁橱。

奈绪子细声嘱咐:"拿一下上面的被子……"

笙一郎回头一看,奈绪子正背对着自己解连衣裙的扣子。

笙一郎越发困惑不解。他想上前阻止奈绪子,却看到她的肩膀在发抖。

他默默地从壁橱里拿出被子,铺在屋子的正中央,接着拿出毛毯。他感到痛苦难当,再次想阻止奈绪子。

此时的奈绪子已经脱得只剩内衣,躺在垫被上,盖着毛毯。

笙一郎愣在原地。

"来吧。"奈绪子说。

"我……"笙一郎哽咽着,不知说什么好。

"求你了。"奈绪子的声音似在哭泣。

笙一郎扭过脸去开始脱衣服。脱到还剩内裤的时候,他再次感到犹豫。这时,他用眼角瞥见奈绪子从毛毯下伸出手,把已经脱掉的内衣压在垫被下面。于是,笙一郎痛下决心,脱光后蹲在她身旁。

奈绪子抓住笙一郎的胳膊,拉他躺下,用同一条毯子将二人包裹起来。

她压住笙一郎的身体。

笙一郎慌张地想用手遮住自己。

奈绪子却抓住笙一郎的手,与他十指紧扣,把脸贴在他的脸上轻轻摩挲,温柔地说:"没关系,就这样,已经足够。"

笙一郎感到心安,身体也渐渐放松下来。

他享受着奈绪子的体温,感到自己的肉体有生以来第一次被温柔相迎。

他觉得自己正被人真心地接受。紧贴着自己的奈绪子身体的蠕动、令人宽慰的抚摸,都让他开始期待——在奈绪子的温暖拥抱中,自己的性功能将得以恢复。

不对,与其说是恢复,不如说是终于开始发育。幼年时期停止发育的功能,在得到鼓励和助威后,也许可以实现真正雄性的成长。

然而,当他转过脸来端详奈绪子时,在微弱的灯光下,他看清了她的表情。

一瞬间,失望陡生。

他突然明白,自己内心深处渴望看到的其实是另一张脸,优希的脸。

奈绪子也一样。从她闪烁的眼神中,笙一郎能够理解,她要的也不是他。他们彼此都有爱而不得的对象。

奈绪子理解笙一郎所想,她的脸上也有难掩的悲伤之情。

笙一郎顿时对她心生怜爱。二人嘴唇相覆,同时兴奋起来,拼命吸吮着对方的唇舌。

他双手抱住奈绪子的头,将她翻转到自己身下。

他的胸口贴住了她的胸口。

多么希望这一刻能够永远持续下去。

虽然没能完全勃起,但他相信总有一天,一定会成功。

只要奈绪子接纳自己,只要能碰到那些许的滋润,笙一郎预感自己一定可以,还期许这种预感能永远存在。

然而,现实的时间必有终结,这是他早在幼年时代就已切身体会到的事实。

没有什么可以永远存在。所谓的永远,只是自己的捏造与想象。能被称为永远的东西,只可能存在于自己的内心。

笙一郎将双手伸向奈绪子的脖子。

他从奈绪子口中听到的最后一句话是:"没关系……"

她是在表示愿意接受死亡吗?

或许仅仅在一瞬间,自己的那家伙成功勃起,得以接触到更多的温润……也许她是想告诉自己成功了?

等笙一郎清醒过来的时候,奈绪子早已停止了呼吸。

笙一郎用力摇晃她、呼唤她,为她做心脏按摩、人工呼吸……都无效后,他甚至想过打电话叫救护车。

但是,当他把电话拿在手里的时候又突然变了卦,因为奈绪子的脸上没有丝毫的痛苦,俨然一副安然入睡的模样。这让他怀疑她本人是否真的想苏醒过来。

笙一郎在奈绪子的尸体旁坐了下来。

现在想来,也许是自己的任性妄想——明明是自己掐死了她,但当时的他真的想让奈绪子自己作选择:是死而复生还是就此长眠?

在微弱的灯光下,笙一郎端详着奈绪子的身体。

不知过了多久,他似乎看到奈绪子的身体在静静地发光。

从那苗条的身体内部发出的亮光很快笼罩了她的全身。

笙一郎想起曾在灵峰顶上见过的"发光少女"。

眼前化身为"发光少女"的奈绪子正横躺着,慢慢地飘浮至空中。

如果她即将远去,笙一郎衷心期盼她能带自己一起离开。他想伸出手,却发现身体僵硬,动弹不得。

奈绪子升至天花板前停了下来,停留了很长时间,渐渐失去光亮,然后,苍白的肉体慢慢地落回被褥上。

窗外传来小鸟的叫声,听着像是麻雀。

笙一郎眨了眨眼。

他看见奈绪子依然以刚才的姿势横躺在自己面前。肌肤还是那么迷人,但已不再发光。

笙一郎明白,奈绪子死了。

他觉得,尽管很美,但她的裸体不应该随便给人看到。为了守住她的尊严,笙一郎非常郑重地为她穿上内衣,套上连衣裙,尽可能让她保持美丽的姿势。然后调亮灯光,把屋子收拾了一下。

事到如今,道歉已经没有任何意义。但笙一郎还是合掌向奈绪子谢罪,并感谢她接受了自己。

他把奈绪子的双手十指交握,放在胸口。

突然,笙一郎一阵猛咳,带血的痰滴落在被子上。他故意不去擦拭。

笙一郎把十八年前曾裹在优希手腕上的半条纱布叠好,放在奈绪子的枕边。他知道,梁平看见后会明白一切。

他这么做是为了告诉梁平,他对优希已经完全断了念想,将追随奈绪子，一去不回。

离开奈绪子家的时候，笙一郎故意没有关灯。

走在天刚亮、没什么行人的马路上，他距离奈绪子的家越来越远。他判断不用通知梁平，也很快会有人发现。

笙一郎猜测梁平一定会非常自责，但他没想到梁平发现奈绪子的尸体后会选择逃跑。

可那时的笙一郎根本顾不上考虑梁平的感受。为了安排自己的死法，他已用尽全力。处理律所的工作、送麻里子去养老院、给被害人家属送钱……要处理的事实在太多。好在今天一天之内已经做完了大部分，只剩下把麻里子送去养老院这件事还没落实，但他相信优希会帮自己好好完成。

笙一郎突然想起昨天优希的态度和说过的话。

面对优希，他本没打算说实话，结果却坦白了所有罪行，也许因为在内心的某一处角落，希望被她蔑视、被她唾弃。那样的话，自己反倒可以了无牵挂地去死。

可优希并没有蔑视他，相反，她带着同理心试图接受他。

笙一郎想到当时优希握着自己的手说："我们走。"

她到底是什么意思？

也许她真的对自己有那么一点点意思？……即使只有怜悯或同情，他也感到非常开心，也感到异常痛苦。

因为自己没有资格。

十七年前，自己已经失去了接受她的爱的资格。

另一方面，死，也是与奈绪子的约定。他离开优希，奈绪子离开梁平，从某种意义上来说，是一种变形的殉情……

然而，该如何去死？随着时间的推移，他越来越迷茫。如果奈绪子还活着，找一根绳子或一把刀，让她帮忙一鼓作气地解决掉自己，也许就不必如此苦恼。

现在只能独自去执行了。想着已经死去的奈绪子也许正在等他迈出那一步，又突然转念觉得，她真正等的人其实是梁平，于是自然地收住了迈向黑暗的脚步。

笙一郎又点了一支烟，刚吸了一口，便立刻感到胸中的那个异物已膨胀到仿佛即将爆裂。

他一阵猛咳，从口中吐出异物。黑紫色的东西溅落到白色的桌子与便笺上，看起来就像是退了色的假花掉落的花瓣。

他伸出食指，碰了碰那形似假花花瓣的东西，然后盯着黏乎乎的手指看了很久。

他掏出手机，打电话给一家侦探社。

侦探社社长曾经是负责暴力罪案的刑警，因为与黑社会分子交往过密而受到处分，于是干脆辞职开了侦探社。笙一郎通过朋友介绍认识了这位侦探社社长后，经常拜托他调查与工作相关的案件，对方也常向笙一郎咨询有关税务或股票交易的问题。笙一郎帮过他很多次，诸如合法避税或是打法律的擦边球，进行股票交易等。

"有一样东西，希望你今天之内帮我弄到。"笙一郎拜托。

对方问他要什么。

"我和清盘人做了些危险的买卖。怕有万一，想用来防身。我知道你道上的朋友多，应该可以弄到手。"

笙一郎又叼起一支烟，犹豫片刻，最终没有点燃。

裹挟着雨水的夜风从窗户的缝隙间灌入房内，笙一郎闻到一股怀旧的、雾一般的味道。

5

三个人从小庙所在的山顶经迂回的登山道朝山下走去。

因为爬铁索登顶的行为，优希、长颈鹿和鼹鼠受到了严厉的批评。下山时，雄作、长颈鹿的叔叔及男护士将他们仨夹在中间，进行严格管控，不准他们私自交谈，甚至不许他们用假咳作为暗号。

山风怡人，下山的路走得很顺利。其他孩子也都没人喊累。三十分钟后，众人回到迂回的登山道的入口。

在供登山者中途休息的山间小屋前，志穗和鼹鼠的母亲与大家会合。雄作沿着迂回的登山道回到山间小屋寻找优希时，告诉了她们优希一度失联的事。

鼹鼠的母亲对爬铁索上山的鼹鼠并无过多的斥责，只数落了一句："你搞什么啊？"

志穗看到优希后，先是发自内心地松了一口气，紧接着露出一脸欲哭无泪的扭曲表情："你到底想干什么？优希……"

因内疚而显得有些消沉的优希不知如何面对母亲，只能摆出一副生气的表情。

休息了十分钟左右，一行人朝巴士所在的服务站走去。

上山用了一小时四十多分钟，领队预计下山需要一小时。

出发后不久，天空变得阴沉起来，大气的状态有些反常，薄雾渐渐袭向登山道。

在孩子们写的那本登山感想文集中，很多人提到春天登山时，也许是季节和时段的原因，很容易遭遇大雾。

下山时，医护人员要求大家尽量以家庭为单位，不要单独行动。优希等人在队伍中的前后顺序与上山时稍有不同。因为在山间小屋的那段时间里相谈甚欢，志穗和麻里子互相搀扶着走在雄作和优希的前面。其实，志穗是担心优希再次脱队，硬撑着走在前面。

其他人的顺序与之前一样。与优希、雄作相隔数米，是长颈鹿和鼹鼠，他俩后面是长颈鹿的叔叔和婶婶。

没过多久，众人看到了第一块"注意落石"的告示牌。优希有些紧张，假装若无其事地回头张望，看到长颈鹿和鼹鼠就在不远处。

雾气的白流越来越浓重。前方和后方不断传来带队老师提醒大家"注意安全"的嘱咐声。

"看不见路的时候，请不要贸然前进。稍后一定会起风，吹散浓雾。"

优希等人通过第二块"注意落石"的告示牌后，又走过了第三块可能有落石的地方。没过多久，前方出现了那条与登山道交叉、特别巨大的落石流。

迎面的白色浓雾好似突然从谷底喷涌，完全遮住视野。

优希四下张望，前方先行通过落石流的志穗和麻里子的身形已然隐没于雾色中；身边的雄作赫然可见；身后的长颈鹿和鼹鼠则与自己好似隔着薄幕，看起来模糊不清；再后面的长颈鹿的叔叔婶婶几乎难见踪影。

"别动！"雄作喊道。

优希距离落石流的一侧仅一两步之遥。

"退后一点儿。"雄作抓住优希的肘部，将她拉到自己的身后。

雄作伸出一只脚，谨慎地向前探路。

周围已被白色封锁。雄作背着黑色双肩包的背部略显惹眼。

"你们那边没事吧？"雄作朝志穗的方向喊去。

志穗似乎回答了什么，但声音并没有清晰地传过来。

"优希，你先待着别动。"雄作说着，迈出脚步。

雄作的背部渐渐隐没于白色雾流中。

优希听到脚踩砂石的声音和小石头滚落山谷的声响。

"真危险，差点儿掉下去。"听着像是在苦笑的雄作，背部已完全没入白色雾团。

突然，优希听到背后传来脚步声。

长颈鹿？鼹鼠？

优希在心中大叫：不行！

住手！别杀他！

优希想保护父亲。

虽说之前想杀死父亲的确是事实，但在那一瞬间，优希的内心起了变化。

那毕竟是自己的父亲！

优希跨步向前，先于两个少年伸出了手——她想去抓父亲的手腕。

不料，却听到雄作"啊"的一声。

紧接着传来石头碎裂的声响。

同时伴随着雄作的惨叫。

最后，石头滚落，传来巨响……

"这么说来，你本来想去救他，却失手把他推了下去？"梁平问。

二人依然坐在优希的房间里。

优希无力地倚靠在壁橱前,梁平则坐在摆放着骨灰盒的小桌前。

面对梁平的提问,优希摇摇头。

"我推了,是我推的……"

"其实你是想去救他,只是伸手后偶然造成了那样的结果,是吗?"

优希不再回答。

梁平露出微笑,却呼吸不平衡,不禁流泪:"我一直以为是笙一郎,一直以为那小子有资格。他也一样,一直说自己没资格、没权利……那小子以为是我干的。所以我们都一直让着对方。我们都干了什么啊!……十七年了,我们都干了些什么啊!"

"一开始就不该想做那件事。因为有了那么可怕的念头……""因为想做那件事,我们才活了下来!"梁平叫喊起来,感慨万千地盯着手里的纱布,"我和笙一郎在计划那件事之前,一直被父母抛弃、伤害。然而,在计划那件事的过程中,我们得以忘却痛苦,因为有一个明确的目标,知道自己要干什么,所以能好好上课、遵守纪律。也许,我们把你父亲当作我们自己父母的替身了,与其说想杀死他,倒不如说我们的真实情感更接近于想摆脱自己的父母。我们曾经幻想自己的父母有朝一日能变成慈母慈父,接我们回去好好生活。但计划了那件事之后,我们不再幻想,决定靠自己找寻活路。如果没有那个计划,我一定会整天浑浑噩噩、不知所措,一定会做出伤害他人的举动,遭殃的可能是病房里的其他孩子或护士、老师……一件小事都有可能让我莫名地突然爆发,怒气冲天,甚至到了真有可能杀死谁的程度。笙一郎也一样。你也是……也许还会想自杀。当时的我们都处于极度危险、即将崩溃的状态。如果没去想那件事……也许都活不到今天。"

"但也只能像现在这样活着啊。"优希从内心深处勉强挤出一句反驳。她看看志穗的骨灰盒,又看看聪志的骨灰盒,"早知道会变成这样……还不如不要活到今天。"

"可那时候的我们能干什么?"

"我那时候死了就好了。"

"你的意思是我和笙一郎也在那时候死了就好了?我们只是想活下来!我们是被逼无奈!"

"可我妈妈和聪志都死了!如果那时候我没去想那件事,他俩现在应该都还……"

"你父亲没有错吗?你母亲明明全都知道,却无动于衷,她也无罪吗?"

"即使如此,也不应该去想那种事……"

"当时的你还能忍下去?出院后,那个混蛋一定会继续对你……你真的能忍下去?"

优希双手掩面,不愿噩梦般的记忆重现眼前:"是我害死了他们。我爸爸、我妈妈、聪志……只有我一个人还活着。"

"你的心情,我可以理解。"

"算了吧,你不可能理解。"

"像那时候一样,只要愿意坦诚相待,即使不是全部,多少能理解一点儿。"

梁平温柔的话语让优希感到更加痛苦。她不要被人温柔以待，她希望受到责骂，骂她是个恶毒的女人、没有活着的价值。这样反而会让她觉得好受些。

"早知如此，我就不该活下来。这么活着，有什么意义？伤害了别人，害死了家人，没有任何贡献或成就……是彻彻底底最糟糕的人生。"

"别那么说自己。你的人生很有意义，很多人因为你而被拯救，医院里就有很多人感谢你，不是吗？"

优希双手掩面，使劲摇头："完全不行！"

"怎么不行？没有什么不行的活法。你不是经常这么对患者说吗？以后还会有变化，可以创造有意义的活法。"

不知何时，梁平的声音已近至优希的耳畔。

梁平的手搭在她的肩膀上，轻轻摇她。

优希没能抬起头。

"那时候，对我们来说，你的存在非常重要……不，不止是那时候，是一直都很重要。十七年来，因为你的存在，我才勉强活下来。虽然活得不怎么样，也伤害过很多人，但因为有你……你的存在让我活到了现在！以后也是……以后……"

梁平突然硬咽起来，停顿了很久，才继续说："以后……会怎样？我害死了奈绪子，也许还会害死更多人。"

他像是在自言自语，抽泣声与呼吸声近在优希的耳畔。

"优希，我会变成什么样子……我该怎么办？我还可以活下去吗？"

优希没有回答。

"优希！"梁平拼命地呼唤优希的名字，"你要活下去！为了我……你会活下去，对吗？"

优希摇摇头。

"优希……"

优希感受到梁平身体的重量。

温柔、安静却让人想抗拒的重量,让原本坐着的优希横躺在了地上。

一瞬间,优希意识到即将发生的事,但恐惧让她切断了有所感知的内心的情感与神经。

但她明白,眼下的行为至少可以安慰此刻非常痛苦的梁平。

如果可以安慰他——这一念想在她意识中仅存的、尚未陷入黑暗的一隅摇摆不定。

自己活着的意义,也许仅此而已——这种想法无力地掠过意识的同一个角落。

除了微弱的感触,她什么都不知道。只有漠然、恐惧与被灼烧般的羞耻感。

难以忍受之际,优希将左腕抬至嘴边,正准备狠狠地咬下去……

突然,梁平将她的手腕一把按下。

"优希!"

优希听到梁平的哭声。

优希顿时下颚失力,手腕也放弃挣扎。

"你真美!"梁平喃喃地赞美道。

虽是常见的溢美之词,却如甘泉沁入优希的心田。

"你真的太美了!"

优希觉得,也许这正是自己最渴望听到的话。

她一直觉得自己不但丑陋无比，而且肮脏至极，绝不愿让任何人看见自己的内心，也绝不向任何人敞开心扉，始终把自己封闭起来。

然而，心底深处却一直都在渴望——

有朝一日能获得赞美，哪怕只有一点儿也行……

虽然尝尽了百般痛苦，但之所以能活下来，正是因为她相信，终有一天能获得赞美，一直憧憬、追求着那一天的到来。

优希伸手搂住梁平的脖子。

她不想错过的并非梁平，而是他赞美的语言。

在获得认可的那一瞬间，优希想牢牢抓住那句赞美的话。

优希让梁平去把灯关掉。

梁平起身，优希顿时感到皮肤发凉，兴奋感转瞬即逝。

她不敢睁眼看自己。

比起梁平看向自己的视线，意识到自己正被人看着时，内心满溢的感情更让她害怕。

她听见关灯的声音。

"已经关了。"

优希听到梁平的声音。

事后，优希依旧不敢睁眼，感觉身上被盖了软乎乎的东西，触感像毛毯。

她将毛毯拉到肩膀位置，包住全身，缩起双腿，却觉得双脚好像不再是自己身体的一部分。

她在毛毯里摸索着内衣和罩衫，缩起身体，把衣服团起，压在腹部，这才敢睁开眼睛。

黑暗让优希安心。她在毛毯里迅速穿好衣物。

刚刚穿好,她听见梁平开口说道:

"你……想要的人不是我。"语调异常空虚、软弱,"那小子……他知道吗?"

优希感到一阵揪心的痛楚。

"他不知道?"梁平攥紧毛毯,试图克制内心的情绪,"看样子,他还不知道,是吧?也难怪,毕竟那小子一直说自己没资格、没权利……"梁平叹了口气,像是不小心漏出憋在心里的话,"从什么时候开始的?是不是在双海医院的时候,你就已经喜欢他了?"

优希在黑暗中摇摇头。

那时候哪有心思?

"但如果是和他,你也许反而做不到吧?"梁平的语调低沉,有一种极度厌恶自己的语气,"和我做的时候,你又和以前一样把感情切断了,对吧?如果是你真心想要的人……如果是你愿意敞开心扉全心接受的人……那个瞬间,你一定会……"

"别说了!"优希试图阻止。

梁平却继续说道:"你一定会发自内心地感到恐惧,或许还会失控、发疯……"

"叫你别说了!"优希用双手捂住耳朵,"我喜欢你,长颈鹿,真的。"

二人沉默了许久。

优希的双手依然捂着耳朵,却听到了窗外传来的鸟叫声。

她慢慢放下双手。雨声不再,只有小鸟的叽叽喳喳。

"我去找那小子!"梁平说。

听见梁平穿鞋的声音，优希抬起头。

屋内已经稍稍变亮。优希看到梁平正站在换鞋的地方背对自己穿上西装，把大衣拿在手上。

梁平转过身。

优希赶紧低下头。

"我还是有一件事没明白……关于你母亲的死。"梁平坐在门口，自言自语般地说，"那肯定不是笙一郎干的，当时他正在医院陪奈绪子。难道真的是聪志……"

"聪志什么都没干！"优希立刻打断。

"你一直这么说，不是为了袒护他？你告诉我实话！我现在不是作为警察来问你，是真的想知道。"

优希朝志穗和聪志的骨灰盒看去，一旁的仙客来在微亮的空间中突显出白色的花朵。

优希长长地吐了一口气，终于下定决心说出真相。

"我妈妈是自杀。"优希道出实情。

"真的？"梁平的嗓音听起来有些嘶哑。

优希看着仙客来的白色花朵继续说："是真的，有遗书可以证明，是聪志去医院的时候交给我的。跟我一起值班的护士不是曾对警察说看见聪志交给我一个信封状的东西吗？里面装的是遗书，是我妈妈写给我的。"

"既然是自杀，你为什么不早说？如果你说出来，先不说纵火的事，至少聪志不会被怀疑是杀害你母亲的凶手。你为什么不把遗书拿给警察看？"

"因为不能。"

"为什么？"

第十五章　一九九七年初冬

"聪志不同意。"

"为什么?"

"因为遗书上写了我和我爸爸之间的事。"

优希收拾好毛毯,走到小桌前,看着聪志的骨灰盒说道:"这孩子看了那封遗书后,受了很大的刺激。这也难怪,自己的爸爸和姐姐……而且,妈妈知道后,完全不信,也不管……没人会想知道这种事实!"

"你说具体一些,你母亲是怎么自杀的?"

"聪志回到家看见我妈妈的时候,她已经用一条固定在抽屉上的带子勒死了自己……聪志是这么告诉我的。我觉得,他没有说谎。"

"是聪志把你母亲放下后烧了家?"

优希伸出手抚摸着聪志的骨灰盒:"你真的太可怜了……之前一直睡在律所里,妈妈肯定没想到偏偏那天你会比我早回家。原本应该是我第一个发现她的,所以她才会给我写遗书……聪志啊,你那天是想回去对妈妈说对不起的,是吧?还是,你想回去追究以前的事?那些事,你真的不必知道。你不知道就好了。"

"他为什么要纵火?"

"他是这么对我说的……"

优希娓娓道来——

回到家的聪志一进门立刻看到了客厅里已经断气的志穗。

志穗将衣橱最上层抽屉里的和服腰带绕在脖子上,双脚向前伸直,以坐姿用体重将自己勒死。

聪志见状,立刻解开带子,让志穗横躺在榻榻米上。

明知道她已经断气,聪志还是为志穗做了心脏按摩和人工呼吸。

不经意间，他看到脚边有个威士忌空瓶。他自己偶尔会喝上几口，但志穗平时不喝酒。他猜想志穗是靠酒精麻痹了最后时刻的自控力与恐惧心。

这个空酒瓶让聪志清楚地意识到母亲是自杀的。

他朝母亲大喊"为什么"。他本想打电话叫救护车，跑到电话旁，却发现了那个早已准备好的信封，仿佛志穗早就料到有人会打电话求救。

信封上写着"优希收"，那是母亲的字迹。聪志立刻明白那是一封遗书。虽然心里想着得快点儿叫救护车，但还是迫不及待地抽出信纸，一只手握着电话机的听筒，另一只手捏着遗书——他本来没打算看完。

"遗书第一句写着：'对不起，我太累了，就让我到此为止吧。'后面写道：'都怪我始终太过软弱，明知道那个男人对你做了那么过分的事，却一直没有作为。从那时起到现在，我一直都一样，什么都没能为你做。'……读到这里，聪志忘了打电话叫救护车，一口气把遗书读到最后。"

优希尽量克制情绪的波动，复述早已谙熟于心的遗书内容。

"我妈妈在遗书里写下了我爸爸性侵我的事；写下了在我告诉她以后，她一直说我骗她，坚决表示否认；还有我几次三番地自杀。我妈妈在遗书里写了一句又一句的'对不起'，说她一直觉得自己罪孽深重……只想努力把这个家撑到我和聪志都参加工作。她之前对聪志的工作进行过诸多干涉，因为那时候她已经意识到自己离死期不远。我不愿结婚，也让她非常痛苦。'每次你说这辈子都不要结婚的时候，我总觉得那是在控诉我的罪孽。也许我活下去、好好补偿你，才是正确的选择，但我又觉得，只要我还活着，你就永远没法子放下过去。我想来想去，实在不知道该怎么选才对……现在，我真的已经筋疲力尽。我最受不了的是让聪志知道真相，那是他的父亲啊。如果那孩子知道了他爸爸对亲生女儿做出如此禽兽不如之事，而做母亲的我，居然对把真相告诉自己的女儿置之不理，说她是骗子……我是个活该遭鄙视的母亲，但如果连聪志都鄙视我，我真的会受不了。原谅我自作主张地了结自己，又要给你添麻烦了。但是你放心，我会把那些不好的过去一起带走。请把那些不堪的过去和我一起深深地埋葬，你要好好活下去。'"

优希把读了一遍又一遍、早已铭记于心的遗书的内容淡淡地讲述出来。

她抱起聪志的骨灰盒放在膝盖上："我可以想象，聪志看完妈妈的遗书，一定震惊、混乱、愤怒得浑身颤抖。"

"所以他纵火烧家？"

"聪志说他当时恍惚间觉得那个屋子是我们曾经在山口县的那个家。我猜测是因为房间的布局比较像，所以他激动之下，产生了错觉。他说他感觉那个家里充满了罪恶，他却浑然不知，还没心没肺、乐呵呵地住在那里……所以他想烧掉它、必须烧掉它……灯油是冬天用剩下的，一直存放在里屋的储藏室里。但是，在他最后断气的那家医院里，他告诉我，最后时刻，他完全没有恨意。看着妈妈的尸体，他心头涌上的只有悲伤与眷恋。他明白妈妈其实备受煎熬，责怪自己。他说他当时只是单纯地想把一切都了结。他觉得如果事后被人追究或有人肆意揣测妈妈自杀的原因，妈妈会太可怜……他说他当时想把自己也一并烧掉。只是后来火势过大，他无意识间跑出了屋子。之后，他对自己的所作所为感到极度恐惧。他来医院找我的时候，对纵火的行为非常后悔，还担心大火蔓延到邻居家，害别人受伤，造成更加不可收拾的后果。他真的非常痛苦。"

"火势并没有蔓延。说出真相总好过被当成杀人犯吧？"

优希点点头说："我也这么劝过他，但他坚决反对。他说如果说出他纵火的真相，我们家过去的秘密就再也藏不住了。他不想暴露家丑和家人的罪孽。明明也有过美好的回忆，可一旦秘密不再是秘密，有关我们家的一切就都会变成污点。他受不了那样的结局，所以直到最后，他都一口咬定全怪他……"

"他想保护父母？"

"虽然他的做法未必能被理解。"

梁平轻轻叹了口气："我懂他。孩子都有这种感情。"

"什么感情？"

"受不了别人说自己父母的坏话。无论父母怎样，宁愿别人说自己不好，也不想听到别人说父母不好。曾经有个孩子明明是被父母打破了脑袋，却坚持说是自己不小心从楼梯上摔下来的……除了父母，聪志还想保护你，他不想让别人知道你的那段痛苦往事。换言之，他继承了你们母亲的遗志，希望你埋葬过去，好好活下去。"

优希紧紧抱住聪志的骨灰盒，不再开口。

梁平站起身。

优希抬头看着他："一切都结束了。刚才说的那些事，请不要对任何人说……"

梁平点点头："不会说。事到如今，说了对谁都没好处。你母亲的遗书呢?"

"烧了。留着每次看到,太痛苦了。"

"这样啊。"

"你和伊岛警官联系一下吧。因为你和奈绪子的事,他真的很难受。"

梁平垂下肩膀,微微地点点头。握住门把手,准备开门离开之前,他背对着优希问道:"你怎么打算?"

"什么怎么打算?"

"你的将来。"

"我什么都还没想好。"优希说出实话。

"那小子还会来找你,一定会。"

优希知道梁平说的是笙一郎:"希望吧。"

"和他一起离开吧!要是他再来找你,你们逃也好,躲也好,要一起活下去!"梁平的语气里带着些许怒气。

优希难受得没能作答。

梁平打开门。

优希没有叫住他。她知道不管怎么说,都是自己伤害了他。

梁平走到屋外。

脚步声渐渐远去,直至消失。

优希将聪志的骨灰盒抱在胸前:"对不起,长颈鹿。"

她用包着骨灰盒的厚白布压住了泪湿的双眼。

6

梁平从优希家出来后直奔蒲田站。

雨已停,黑灰色的天空渐渐变亮。

电车已开始运行,车站里亮着灯,稀稀落落有几个人影。梁平在轨道沿线的道路上信步而行,周围显现的亮光反而让他有些踌躇。

他曾经期盼着能得到优希。

然而如今,得到过优希的他却感到无比空虚。

因为他并没有真正地得到她。

他只是抱住了她的身体,完全没有得到她的心。他感觉自己只是利用了她的身体。从这个意义上来说,自己和她的父亲并无两样。

梁平对着眼前的一根电线杆狠狠地拍了一掌。

他气自己,也气在身体上接受了自己的优希。

同时,他又为优希感到难过,也更加对她心生爱怜。

梁平差点儿撞上路边停放的一辆自行车,他气不打一处来地一脚将其踹翻,然后抓住车把和车座,将车子高高举起,狠狠地砸到了地上。

无论自己吼得有多用力,传到耳朵里的似乎只有窃窃私语般的音量,丝毫没有呐喊过后的快感。

这时,他听到有人叫他住手。回头一看,一个穿制服、骑自行车的巡警正朝他走来。

梁平完全没有逃的意愿,静静地等在原地。

对方看起来二十岁出头,是个年轻的小警员,肩章显示他的级别为巡查。他在梁平面前停好自行车，目光犀利地问话："请问那是您的自行车吗？"梁平见他的双眼有些充血发红，判断他此前一直在值夜班，天亮后，紧张了一夜的神经刚刚稍有放松。

梁平盯着对方腰间的佩枪："当然是我的！车牌上写着我的名字呢！"

巡查一边留意着梁平的举动，一边弯腰去查看被梁平扔在地上的自行车。

梁平趁对方将视线移向自行车的一瞬间，一个箭步将身体插入巡查的双腿间，顺势起脚，铲向对方的小腿。巡查疼得仰头叫了一声，梁平趁势一把扣住他的脖子，抬腿用膝盖撞击他的下巴。对方瞬间腿脚发软，向后倒去。梁平见状，揪起他的衣领，将他拖至轨道与马路之间的护栏上靠着放好。

确认周围没别人之后，梁平将手伸向巡警腰间的佩枪。

背后的轨道上，电车飞驰而过。路边枯萎的芒草被风带动，发出"哗嚓嚓"的脆响。

失去意识的巡查微微动了动脑袋，长着青春痘的娃娃脸让他看起来像个十几岁的少年。

如果佩枪被抢，他一定免不了受处分；如果有人因为这把枪而丧命，即使这个小巡警自杀谢罪，也依然会被问责所谓人道意义上的罪过，而且肯定不止他一个人要背负罪名，他的父母、兄弟……也许还有年幼的妹妹，甚至他的亲朋、上司、同事等，每个人都会或多或少、或主动或被动地去担负责任。

有时候，一个人的欲望会歪曲、毁掉无数人的人生。

有时候，一个人的罪过与很多人交互作用后，会膨胀到不可收拾的地步，最后压垮更多人的人生。

梁平轻轻拍了拍年轻巡查的脸，在他快要醒来的时候，转身跑开。

跑了一段路，他信步走进一座车站，随便买了张票，坐上了刚进站的一辆电车。车上并没有很多乘客，都穿着大衣或风衣，一个一个看起来很冷似的，双手抱臂。

梁平在人群中搜寻着笙一郎的脸。

笙一郎……你都干了些什么呀！优希爱着你，你却杀了别人的女人。你到底在干吗？到底想干吗？

梁平想恨他，却无论如何都恨不起来，内心尽是空虚，身体充满疲惫。

不知不觉，梁平在电车上睡着了。醒来时，电车刚刚到达崎玉县的大分站。

下车后，他迷茫地坐在站台的长凳上。

他想不出笙一郎能去哪儿。说什么去国外，肯定是骗人！但又不知道他到底能去哪儿……

梁平曾尝试将心比心，站在笙一郎的角度去想，要去哪里。却越想越难受，无奈只能作罢。

想到笙一郎的母亲，思路又绕回原点，无果而终。

梁平意识到，即使到了现在，他们仍然需要"理想的家人"，但需要的理由有所不同。在双海医院的时候，他们是因为需要一种期待，幻想父母终有一天会温暖地将自己接出院。没有那种期待，就没法活下去。那时的他们心里憋着一口气，有朝一日，父母会对自己道歉，后悔曾经抛弃自己，夸赞他们很了不起。是"理想的家人"帮助他们挺过了艰难岁月。

然而对笙一郎而言，出现在他眼前的并非想象中的而是现实中的母亲，还得了重病，这让笙一郎无法对她发泄愤怒，更断了想让母亲向他谢罪的希望。

笙一郎不懈地努力，扬名立万，发家致富，却再也听不到母亲夸他干得好、了不起的称赞。他拥有的只是一个必须由他照顾、保护的母亲。

在如此痛苦的日子里，笙一郎唯一的希望是优希。

然而他一直误以为自己没资格。

"你太傻了，鼹鼠……"梁平用双手捂住额头。

但这能怪谁……怪父母吗？梁平也经常愤怒却无奈地告诉自己——

无论做什么，感受到什么，都是自己的罪过、自己的责任。

工作不顺利的时候，感到幸福远去的时候，饕餮美食都味同嚼蜡，得不到任何满足感；即使获得一时的性的快感，也绝不会感到充实，不会享受；伤害他人也无济于事……所有的一切都源于自己是有缺陷、低劣、愚蠢的人。

如同八号楼里的那几个孩子深信是因为自己有缺陷，是自己没用、糟糕，父母才不要自己。

但那时候，鼹鼠，你曾说过，我也说过吧——

不是你的错，不要怪自己。

鼹鼠，我们都需要有人对自己这么说。

时隔十七年，我们再次相遇，但你说过，其实我们不该再见。似乎我也说过。可我们都错了。

我们是不应该分开。我们应该一直在一起，互相支持……

忽然，梁平感到膝盖被撞了一下。

他抬头一看，惊讶不已。

站台上已满是等车的乘客。不知不觉，到了周一的上班高峰时段。

梁平受不了人流的热气，站起身来。

车辆进站，人潮不断向前涌去，梁平也随波逐流地被挤上电车。在人满为患的车厢内，梁平完全没法动弹。车门关上，电车驶动。

所有乘客都默默地忍受着人挤人的状态，有的闭着眼，有的看报纸，有的望着挂在车厢里的广告……每个人都好似切断了感情，任时光流逝。

梁平的眼前是一个戴眼镜、四十来岁的男人，额头正冒汗，那汗珠让梁平看得心中作痛；旁边是一位二十五岁左右的女士，眉头正紧锁，那皱纹让梁平感到心酸。

电车停下，车门打开。梁平被挤出了车厢，跟跟跄跄地来到站台上。

这里是池袋站①，所有人都在加快脚步向前行进。与众人格格不入的梁平像被弹出般，脱离了拥挤的人流。他背靠自动贩卖机，无力地坐了下来。

几乎所有人都无言地从他身边经过，每个人看起来都疲惫不堪，脸上的表情好像都在说他们把愤怒强压于内心。

梁平觉得，也许每个人都需要有人对自己说一句："已经可以了。"也许在日常生活中，每个人都需要有个人时不时地安慰自己说："没事的，不是你的错。"

但对于笙一郎，他已经没法那样说了。

---

① 东京市内较大型的车站，地铁与JR铁路线在此可换乘。

对于犯下杀人罪的笙一郎，他已经没法说："没事的，不是你的错。"

因为存在被害者，还有被害者的家属。他不仅毁了被害者的人生，还扭曲、摧毁了被害者的家属，甚至周围人的人生。

他的所作所为还有可能滋生出新的仇恨与犯罪。

对这样的笙一郎，梁平实在没法说"没事的"。

他觉得自己应该在事态发展到不可收拾的地步之前说；在结果出现之前；在他们还是孩子的时候，在日常的生活中，告诉笙一郎。

梁平在车站的卫生间里洗了把脸，坐车来到涩谷，再换电车前往自由之丘。

他本打算直奔笙一郎的公寓，却在车站坐了很久，以致到达公寓时已近中午。

笙一郎的公寓前停着一辆厢式货车，像是有人在搬家。

梁平觉得那张正被搬出公寓的餐桌很是眼熟。他走近货车朝里看，已经被搬进车厢的椅子似乎是自己曾经坐过的那把。

梁平向穿工作服搬运家具的年轻人询问了一番，确认搬出的正是笙一郎的物品。他们说，委托方已经把房子退租，所有家具全都卖掉。

梁平来到楼上，朝室内看去，里面空空如也。

梁平又辗转赶到品川。

笙一郎的律所大门没有上锁，里面同样空荡荡的，看起来早已处理完毕。梁平在屋子里逗留了一会儿，想找寻线索，结果一无收获。

忽然，楼下传来警笛声。

律所沿街的窗户敞开着，梁平探头看去，两辆警车正朝这边驶来。

梁平以为有人看到自己后报了警，他们是来抓自己的，于是赶紧关上窗，离开了律所。他判断此时下楼可能会撞上警察，于是选择先上楼躲起来。没过多久，警笛声停下来。梁平听到有人上楼的脚步声。

梁平躲在楼梯口，见电梯门打开后，穿便服的刑警和穿制服的巡警各两名走进了笙一郎的律所。还有两名穿制服的巡警从楼梯走上来，前面四个人进屋后，由这二人站在律所门口放哨。

其中一个穿制服的朝楼上张望了一下，梁平赶紧缩起身子。

他听到警察们在律所内咂舌说没有任何发现，还听到他们用无线电将这一结果报告给警局的上司。梁平这才意识到，他们不是来抓自己，而是冲着笙一郎来的。

过了一会儿，除了一名穿制服的巡警留在律所门外，其他警察收队撤离。梁平从笙一郎律所的楼上坐电梯下到一层，然后离开了大楼。

梁平再次回到自由之丘。

笙一郎的公寓前也停着警车。梁平判断，一定是在过去的一段时间内，搜查工作有了重大进展。梁平悄悄来到附近的公园，从大衣口袋里掏出手机，坐在长凳上拨通了伊岛的电话。

"我是有泽。"

伊岛愣了好久："在哪儿？"

"抱歉，给您添了很多麻烦，日后一定负荆请罪……但现在，能告诉我有关长濑笙一郎的情况吗？"

"干吗？"

梁平不知如何回答。

"你是不是看到长濑的公寓和律所外都有警察？知道那事儿瞒不下去了？"伊岛猜到了梁平的心思。

"您知道他的情况吗？"

"那小子叫快递送了一封信到警局，收信人是我。"

"信？"

"信上说，是他杀了奈绪子。"

"真的？"

"警方已经确认，在奈绪子房间里采集到的指纹和信上的指纹一致。他还寄来了带有他血迹的便笺，虽然目前只做了血型比对，但结果和留在案发现场床单上的血迹完全一致。"

"他提到作案方法了吗？还有动机？"

"没有。他没写具体细节，只说那天晚上奈绪子找他商量事情，聊完，他一时冲动杀了她。他说奈绪子完全没有错，都是他一个人的罪过。另外，他还提到奈绪子当时穿的是黑色连衣裙，两个人喝的是日本酒。这与案发现场的情况也都吻合。酒瓶和酒杯上的指纹也和信上的指纹一致。有泽……之前你为什么对我说都怪你？"

"我觉得，我也有责任。"

"你早就知道是那小子干的？打算包庇他？"

"不，我没那个意思……。"

"你觉得那小子是否知道你在逃？是否知道警察要抓你？"

梁平对这个问题感到意外，反问道："为什么这么问？"

"那小子为什么要给我寄信？我不觉得他只是为了告白自己的罪行。他在便笺上用自己的血整整齐齐地按了十个手指印，很明显，他是在要求警方好好鉴定。鉴定结果很快出来了，而且收信人是我。那小子肯定知道你被怀疑了，才特地寄信给我。你怎么看？"

梁平无言以对。

"有泽！你快给我回来！别再做傻事了，听见没有？"

梁平挂断电话。

不远处，三个五六岁的小孩正在用玩具铲子和小水桶玩沙坑里的雨水。梁平忍不住关注起那两个男孩和一个女孩。

两个男孩似乎为了吸引女孩的注意，争先恐后地用水桶将积水舀出沙坑。

"不许吵架。"女孩面无表情地提醒二人。两个男孩完全没有停手的意思，互相推搡对方的胸口或把水泼到对方身上。

在梁平看来，两个男孩并不是在吵架，反而是因为关系太好，所以玩得很起劲。

但女孩似乎不乐意自己受冷落，赌气似的说："我要回家了。"还对其中一个男孩说："我们一起走吧！"说着，拉起了对方的小手。

被女孩拉着手的男孩一脸吃惊，看看女孩，又看看一副马上要哭出来的"情敌"，断然甩开女孩的手："我不！"说完，跑去公园的另一边。

女孩满脸懊恼，气鼓鼓地拉起另一个男孩的手走出公园。

之前跑开的那个男孩慢慢回到沙坑边，朝小水桶狠狠地踢了一脚，又追着翻滚的水桶再踢一脚，突然蹲下，哭起来。

梁平仰天长叹："鼹鼠啊……你太傻了！"

7

优希在梁平离开后片刻未歇,直接去了医院,在交班前向内田护士长提出辞职。

内田先是吃了一惊,劝优希再想想。但见优希去意已决,便没再挽留。

"之后打算干什么?安排好了吗?"

"还没有,不过没问题。"

优希打算把聪志的人寿保险和卖房子的所得用来为笙一郎赎罪。她相信自己能够支持笙一郎,能够成为他的依靠,能够和他一起活下去。

"先休息一段时间,想上班了再来。这里永远需要你。"

"谢谢您。有您这句话,已经足够了……"

"打算什么时候正式离职?"

优希本打算在送麻里子去养老院之前就走,但内田坚持说:"最好再帮一个月吧,招人和交接都需要时间。今天是十二月一日,做到年底,行吗?"

优希知道这里一向人手不足,于是答应做到年底。

护理岸川夫人的时候,优希告诉她自己即将离职。

"是吗?一个月后,你就能和喜欢的人一起生活了啊。"岸川夫人笑着说,真心为优希感到高兴。

优希有些害羞,也有些难过,她握住自己的手腕:"但在年底前,我会继续好好工作的。"

"那么我至少也得好好活到年底。"

"您快别这么说……"优希自责地说道。

"哎呀，能多活一天都是幸福的。多活一个月，就多一个月的机会找到自己的人生目标，在能够把握的时间内，努力过好每一天，然后继续下一个月。"夫人温柔地笑着说。

优希报以微笑。

下午三点多，神奈川县的两名便衣刑警来找优希。优希是第一次见到这两个人。她在护士值班室里接受了问询。

一开始，她以为又要问她梁平的下落。

"你认识长濑笙一郎，对吧？我们有话问你。"

两名刑警已经知道笙一郎曾是聪志的老板，不止他的行踪，优希还被详细问及他是否有孩子、性格如何，甚至他与梁平的关系，等等。

刑警还问优希是否认识早川奈绪子、是否知道她与笙一郎的关系。

对于刑警的提问，优希大多时候歪着脑袋说不知道、不清楚，或简单地说是或不是。她并非有意隐瞒，只是对她而言，包括早川奈绪子来医院，都已成为遥远的过去，无心再提。

"他律所里有个叫真木广美的，你认识吗？"

"嗯。"

"她说长濑笙一郎的母亲在这里住院。"

"是。"

"他最近来看过他母亲吗？"

优希犹豫了片刻，心想迟早会被查到，于是如实地回答："昨天下午来过。"

两名警察对视了一下，凑上前追问："他当时说了什么？"

"没说什么，只是来看他母亲。"

"我们想见见他母亲,问一下她儿子的事……"

"不行。"优希当即拒绝,见对方皱起眉头,不想说是因为麻里子痴呆,于是改口道,"需要护士长批准。"

刑警去找内田。内田向他们介绍了麻里子目前的状况,但警方执意要见。内田无奈,只得同意,让优希带警察过去。

突然见到两个陌生男人的麻里子吓得手足无措。

刑警尝试问了两三句,麻里子始终躲在优希身后瑟瑟发抖。

两名刑警只得作罢,转而问优希:"长濑笙一郎最近还会来医院吗?"

优希摇摇头说:"应该不会,因为他母亲马上要转去养老院。他昨天就是来办手续的。"

"出院那天,他应该会来吧?"

"估计不会,他已经委托护士送他母亲去养老院了。"

刑警又问麻里子会转去哪家养老院。优希一一如实作答。

麻里子似乎想到什么似的,在优希身后拉她的衣服。

"她什么时候出院?"

优希刚答完,麻里子立刻发出不满的叫声,不停地用力拉扯优希的衣服。

"怎么了?"优希微笑着问麻里子。

麻里子摇拨浪鼓似的摇着头。

警察们觉得场面有些尴尬,说了声"打扰了",离开病房。

麻里子见他们走远后,对优希说:"不能告诉他们!"

优希无法判断麻里子到底听明白多少。

麻里子满脸认真,一遍遍地重复说:"不能告诉他们爸爸的事情!"

优希顿时感到泪水上涌，赶紧忍住，勉强挤出微笑，对麻里子说："没事，刚才我是骗他们的。你爸爸一定会再来看你的，一定会的！"

优希对麻里子说的，也是她自己想听到的。

上完白班，正在交班的时候，伊岛来到护士值班室。

伊岛说，今天并非带着任务来，所以会等优希下班后再谈。优希请他去一楼门诊大厅稍候。

再过几个小时，优希还要值夜班。她暂时脱下护士服，换上毛衣、长裤和夹克衫来到门诊大厅。

接待处的同事告诉她，伊岛留言说在中庭等她。

虽然才下午五点，太阳却已经完全落山。天色昏暗，中庭里亮起了灯。

伊岛在周围满是枯草的长凳上坐着。灯光照射下的紫阳花早已掉光叶子，只剩下光秃秃的树干和枝头，散发着清冷与寒意。

优希来到院子里时，伊岛已经坐在长椅上等了一会儿。

"抱歉，让您久等了。这里很冷吧？"优希低头致歉。

伊岛露出和善的微笑："没事。像我这种警察，要是在里面和你谈话，会给大家增添不必要的麻烦。而且我正好想呼吸一下外边的空气。"

"要不，我们去找家咖啡馆？我知道国道边上有一家小店。"

"你要是不反对，就在这儿吧？也不太冷，而且我不打算耽误你太长时间。"

优希在伊岛身边坐下。

"谢谢你去参加了奈绪子的葬礼。"伊岛双手放在膝盖上，整衣鞠躬，"她的骨灰被她哥哥带回北海道了，据说那里有他们祖父母的墓地。他们的父母暂时葬在多摩，她哥哥说打算迁过去。她那间小酒馆年内会被拆成平地。"

"我们家也已变成了平地。"

"到最后，都不过是一撮尘土。"伊岛淡然一笑，抬头仰望正逐渐转变成深蓝色的夜空，"一想到那些先离去的人，就不得不再次感慨人生不过是短暂一刻。他们的今天就是自己的明天……一想到那个人和自己已经不在同一个世界上了，除了难过，还有更复杂的感情……回头想想，那些忙到忘了时间的日子真是一种罪。悲伤或虚妄都不足以表达面对死者的心情，很懊恼无法找到精确的用词，只能拼命回想与死者共同经历过的点点滴滴。真的好想大哭一场……事实上，悲伤难过的时候，如果真能哭出来，反而可以释然……"

优希默默地点点头。

"长濑笙一郎给我寄了一封信。"

"信？"

"指明收信人是我，但暂时不方便告诉你信中的内容。"

优希想到刚才的事："所以今天警察来找我……"

"这么说，你已经知道了？"

优希没有回答伊岛的问题，而是换了个话题，说："昨天夜里，有泽来找过我。"

伊岛并没有表现得太过吃惊："有泽说都怪他。他觉得伤了奈绪子的心，所以有罪恶感，是吧？"

"我想是的。他说他看到奈绪子平静的表情时，感觉到她有心求死。害她变成那样，一定是他的错。"

"长濑给我寄信的目的，是为了洗清有泽的嫌疑……是谁告诉他警方怀疑有泽？"

"昨天下午，长濑来过医院。"

"是你？"

"是的。"

"所以你早就知道是谁杀了奈绪子？是长濑告诉你的？"

优希沉默不语。

"你觉得他还会再来吗？"

"不会。"优希把对刚才那两名刑警说过的话又对伊岛重复了一遍，还告诉他自己会送麻里子去养老院。

"这么说来，他已经作好了远走高飞的准备？"

"他说会去国外待五年。"

"你知道他会去哪儿吗？"

"他说去欧美，企业法的主场。"

伊岛琢磨着优希的回答，过了好长时间，才又说："有泽给我来过电话。"

"是吗？"

"你好像不感兴趣？"

"我已经见过他，该说的都说了。"

伊岛叹了口气："我真搞不懂你们。你们仨到底是什么关系？彼此怎么看待对方？到底怎么牵扯上的？……长濑不知为什么杀了有泽的恋人，却又为了洗清有泽的嫌疑，不顾自己被抓的危险，给警方寄来了信件；有泽留下一句'都怪我'，开始逃亡，一个人独自寻找长濑，我听他电话里的声音，虽然恋人被长濑所杀，可他一点儿都不恨长濑；至于处于他俩之间的你，似乎并不偏袒任何一方。不管外人如何不理解，你们仨倒是能互相理解，是吧？"

"不是的……"优希歪着脑袋，不置可否。

"你们之间有太多的谎言和秘密，不是吗？"

"也许吧。不过有时候的确需要借助谎言和秘密去逃避，否则根本无法承受。"

"当然，肯定存在你说的这种情况。人的一生，总会遇到不得不用谎言来应付的时刻。不过……谎言和秘密都很容易上瘾。一旦习以为常，会在明明说出真相更容易的时候感到害怕，结果还是选择说谎，最终造成更大的伤害。你觉得呢？"

优希无言以对。

伊岛叹了口气，垂下双肩，双手拍了下膝盖，站起身："对了，我最近要把我妈妈接来一起住。虽说她的脑子还很清醒，但腿脚都不行了。家里人虽然有过争论，但还是决定先接过来试着一起过过看……你是老年科的护士，有什么建议吗？"

"您母亲身体方面有什么疾病吗？"

"那倒没有。不过她是刀子嘴，我老婆在她面前总是战战兢兢的。她平时不怎么运动，说不定哪天就走不动了。"

"建议您不要怕麻烦人，要积极寻求公共机构和外部支援，比如日间服务、护工、小时工等。正因为是自己的家人，才不能一天到晚关在家里。哪怕您太太牺牲得再多、再怎么努力，这份孝心都有可能带来反作用。不能让老人过闭塞的生活。人们常说，孩子是社会的财富，所以近邻、学校和家长都会一起出力进行保护，提供帮助。我觉得对待老年人，也应该秉持同样的态度。"

"但我妈妈恐怕算不上社会的财富。"伊岛自嘲地说。

优希认真地点头说:"她是生了您、养大您的人。您现在做的工作也好,您的孩子也好,没有您的母亲,都不可能存在。还有更多好事,也都不可能发生。"

"可她也做了不少坏事呢……"伊岛突然羞于启齿,怔怔地盯着脚下,"是啊,还有坏事……事实上,没有她,那些坏事也不可能发生。"

这时,病房楼里传出了欢声笑语。

循声望去,他们在二楼儿科的窗边看到了圣诞树。

伊岛盯着圣诞树说:"刚才在大厅里,我看到有个婴儿在母亲怀里笑,那场景真的很窝心。我觉得孩子的笑容胜过一切。"

"老人的笑容也很可爱。有些老人还会变回孩子,露出与孩子完全一样的笑脸,那种笑脸让人相信:只要活着,哪怕一直沉睡,也拥有很多死去之人无法给予的东西。"

伊岛笑着回头看向优希:"等我老了,也来你们医院,拜托你来照顾吧?"

优希回答说:"到时候,我一定会很严厉地敦促您做复健。"

她故意没告诉伊岛自己辞职的事。

伊岛走后,优希回家稍作休息,然后又回医院值夜班。

之前在医院周围盯梢的警察已没了人影。

优希换上护士服,来到八楼。与白班护士完成交接班后,她和一位兼职的年轻护士开始了夜间护理工作。

凌晨两点多,身处护士值班室的优希听到安全通道的铁门那边发出奇怪的声响。

一起搭班的护士正在准备稍后要用的尿布,没有注意到那边的动静。

优希拿起患者的观察手册，交待说："我去阿尔茨海默病的病房看一下。"

优希独自来到安全通道的门前，并没有发现任何异常，但她还是推开门，确认了一下楼梯处的情况。

在应急灯照亮的楼梯下方，没有看到人影。

但当她抬头向上看时，发现楼梯平台处好像有人在走动。

"谁？"优希叫了一声，随即追了上去。

对方朝楼上跑去。

"站住！"优希叫住对方，心里有一股强烈的预感。

对方在九楼的逃生门前停下脚步。

看清对方的长相，优希非常意外。

"有泽……"

梁平一脸失落、难过，苦笑着说："你以为是笙一郎吧？"

"你为什么来这里……"

"我猜那小子一定会来找你。"

"他联系过你？"

"没有，但那小子给警方寄了一封信，坦白了所有罪行。你知道，他怎么可能忍受被关进阴暗又闭塞的牢房？所以……他一定已经作好了了结一切的准备。"

"了结一切？"

"你还不明白？他一个人做不到的。在双海医院的时候，我们曾经谈到死。死的形象是黑暗。比起死，那小子更怕黑暗。他肯定受不了一个人面对黑暗的死法。但是，如同在明神山的森林里那次一样，你抱着他的时候，他就感到安心。他一定会想死在你怀里，也可能想带你一起去死……杀死你等于永远拥有你——这种念头也许正在他心里不断膨胀。总之,我认为他肯定会来你这里。"

听了梁平的话,优希反倒松了一口气。

刑警因为笙一郎的事来找过她之后,她一直紧绷着神经;听伊岛说笙一郎给他寄去信件之后,她的紧张程度越发加重。

她之前不懂自己为何紧张,听完梁平的这一番推理,她终于明白了。

因为她也有预感:笙一郎会来找她……所以,梁平的话反倒让她安下心来。

"你想好了要和他一起去死,是吗?"梁平痛苦地问道。

优希转身走下楼梯。

"你们要把我一个人留下吗?!"梁平大叫。

优希头也不回地推开逃生门,回到病房走廊。

她听到护士值班室里传出老人的笑声。

经过电梯前的一瞬间,她看见电梯的门刚刚关上。优希心有疑惑,电梯却已经下行。

优希暂且回到护士值班室。

那位因阿尔茨海默病而入院、喜欢抱着鞋子睡觉的老人正靠在护士值班室的柜台上,对里面的年轻护士笑着说:"真的,不骗你,这是我在作坊里学了很久,偷师制作的第一双鞋。"老人把鞋子举在手里,双目炯炯有神。

年轻的护士手里拿着擦拭用毛巾:"知道了,但现在您该去睡觉了。"

"怎么了?"优希走上前。

年轻的护士像见到救世主似的说:"副护士长,您可回来了。阿尔茨海默病病房那边防止他们乱走动的栅栏关上了吗？不会有谁打开后忘记关上了吧？"

优希看了一眼老人手里的皮鞋。很明显，这不是老人平时枕在头下的那只。这只皮鞋很新、很高档。

优希立刻朝麻里子的病房跑去，完全忘记她平日里总对后辈们叮嘱不要在走廊里奔跑。

果然，用来防止痴呆症病人乱走动的风琴式栅栏被打开了。

因循环系统问题入院的患者正睡在病床上。

但是，麻里子的床上是空的。

轮椅也不见了。

优希朝电梯口飞奔而去。途中，又折返至逃生通道，推开钢门，朝无人的楼梯大喊："他母亲不见了！一定是他！"

没等梁平回话，优希继续朝电梯口跑去。

年轻的护士走出值班室，不安地看着她。

"快打电话叫人！长濑麻里子不见了！我去找人！你看住这里！"

优希坐电梯来到一楼，在大厅里四下张望，确认大门关闭后，又跑到夜间急诊室。医护人员正在急诊治疗室里救治病人，看情形是刚被送来的。救护车配备的急救人员在走廊里待命，优希向他们询问是否见过麻里子，他们都说没看到。

优希跑到连接中庭的逃生出口，来到户外。感觉和昨晚完全不同，今夜很暖和。

医院大楼的大门朝南，门诊大楼则向北延伸，东南侧的转弯处是一栋两层的复健楼，经过复健楼向南转弯，可以看到检查楼。换言之，整座医院大楼呈缺一竖的口字形。被围起来的中庭铺着草坪，种着树木。

优希匆匆看了一眼中庭，确认没人后，又跑出大门，来到停车场左顾右看。

"怎么样？"背后传来梁平的声音。

优希摇摇头。

梁平朝国道方向看去："有没有听见车辆发动的声音？"

"不知道。"

"他母亲会不会自己跑出去躲在医院的某个角落？"

优希告诉梁平，麻里子的轮椅也不见了，而且她刚才看到电梯下行。更重要的是，虽然没有亲眼看到笙一郎，但她相信不可能有其他人能让麻里子不吵不闹地乖乖离开病房。

"那小子到底想干什么？"

优希也想知道。

"我先去多摩川那边看看。"梁平说完，跑向河边。

优希回到医院里。

她跑到员工出入口朝外看——分别通向国道和多摩川的两条路上都没有人影。

优希稍稍平复情绪，粗略估摸了一下时间，判断二人肯定还没走远。突然，她想到了后院——位于复健楼和检查楼后面的小院子。那边存放着焚烧设备，一般没人去。梁平和那名受性侵的男孩曾在那里拿石头扔过床垫。

优希穿过中庭，跑到检查楼的后面。

在灯光的照射下，她看到了那辆空轮椅。因为没有放下手刹，风吹车动，发出"吱吱"的声响。

优希跑上前，用手一摸坐垫，还是温热的。

她凝神朝里望去。掉光叶子的那排玉兰看着越发寒冷。

"好了，妈……"

优希听到一个男人的声音。

另一盏路灯下，种着一棵樱花树——树叶全落尽，树干旁边有两个人影。

优希走了过去。

借着斜照的灯光，优希看到背靠樱花树干坐着的麻里子。

笙一郎则盘腿坐在麻里子的对面。

昨天下过雨，地面还有些潮湿。周围的杂草也许因为雨水的滋润，没有完全干枯，散发淡淡的青草香。

"妈！吃吧！"笙一郎递给麻里子一块面包模样的东西。

麻里子像个孩子似的接过面包。

"如果现在是春天就好了。"笙一郎抬头看着光秃秃的樱花树枝说道。

麻里子没说话，把面包塞进嘴里，狼吞虎咽地吃起来。

"别噎着！"笙一郎伸出手，拉了一下麻里子的肘部。

麻里子抬起头看着笙一郎。

"慢点儿吃。"笙一郎说。

麻里子乖乖点头。她的身体下方垫着笙一郎的大衣，肩上披着笙一郎厚实的冬款西服。

笙一郎自己只穿一件白衬衣，没系领带，没穿鞋，直接盘腿坐在湿地上。

"长濑……"优希叫了一声。

笙一郎回过头，先是吃了一惊，紧接着露出一抹柔弱的微笑："那位喜欢鞋子的大爷没事吧？我刚把鞋子给他，他就乐呵呵地跑了出去。托他的福,我们出来得很顺利。"

"你在这儿干吗?"

笙一郎抬头看了看樱花树:"仔细想来,我们家从来不曾一起赏过樱花。这种家庭能叫正常吗?"

"快回病房吧?"优希试图靠近。

"别过来!"笙一郎厉声喝道。

优希在距离笙一郎七八米远的地方停下脚步。

她还想再往前走,却听笙一郎悲伤地拜托:"求你了!"

与此同时,笙一郎从膝盖旁拿起一样东西,对准优希。

优希一下子没明白那是什么。

"这可是真家伙,子弹会飞的!"笙一郎的语气与其说是在威胁,倒不如说充满羞愧。

优希这才看清笙一郎手里的东西——手枪。之前只在电影或电视上见过,所以很难相信笙一郎手里的是真枪。

笙一郎手里拿着枪?这件事本身让优希感到脱离现实。

即使是真枪,优希也没有丝毫的害怕。对笙一郎,她更多的是感到心痛。不管他手里拿的是玩具还是真枪,在优希看来,被逼到不得不把这种毫无意义的道具置于他俩之间的笙一郎实在太过悲惨。

"你怎么了?"优希忍不住开口问道。

笙一郎放下举枪的手:"我只是想和我妈妈一起赏一次樱花,仅此而已。"

"深更半夜的,你母亲会冻坏的。"

"没时间了,你就原谅我这一次吧,这是我最后的心愿。在双海医院的时候,我曾想象,要是我妈妈变成一个好妈妈,接我出院后,我有很多事想做。我真的曾经有过很多梦想,可现在什么都想不起来了。我还想过带她去明神山的森林……让她也看看那棵大樟树。"

"很好啊！我们可以一起带她去！"

"那片森林已经变样了吧？"

优希郑重地看着笙一郎："长濑，我一直在等你。我们可以互相支持。"

笙一郎低下头："我没资格。"

"别再那么说！已经没关系了。我们该放下那件事了。不能让那件事决定我们的一生。我们可以重新开始。"

笙一郎叹了口气："如果可以，真的好想从头开始，比如回到刚出生的时候……"

"那不可能，但我们可以从现在开始，去努力改变我们的未来。"

"只是一眨眼的工夫。等我清醒过来的时候，已经犯下大错。无论我头脑里怎么想着要努力、要重新开始，却始终难以抵抗身体的冲动……对不起！真的对不起！"

"活着就是赎罪。你母亲也曾这么说！"

笙一郎抬起头来："我妈妈……"

优希点点头："她说过，只是活着，也可以是赎罪！"

笙一郎看看麻里子。

麻里子正鼓着腮帮子把整个面包塞进嘴里。

"你为什么要那样说？是想向我赎罪吗？"笙一郎问麻里子，却完全不是责怪的语气，"但是，真的……可以赎罪吗？"笙一郎的最后一句似在问自己。

优希抬手摘下护士帽："如果你觉得活着太痛苦……我愿意和你一起死。你怕黑，对吗？一个人待在黑暗中会感到非常恐惧,不是吗?"优希说着,把白色护士帽折好放在地上,试图靠近笙一郎。

"笙一郎!"优希听到背后有人大叫。

梁平跑到优希身边。

"你来了?"笙一郎低下头,呻吟般地说,"奈绪子……真的对不起!"

梁平喘着粗气:"谁要你道歉!你给我说清楚,到底是怎么回事?为什么要杀她?"

"梁平,我有事要拜托你。你是警察,一定做得到。"

"瞎扯什么!你给我马上过来,好好说说奈绪子的事。"梁平说着,欲向前迈步。

"站住!"笙一郎举起手枪。

梁平也停下脚步。

不过,梁平和优希一样,停步的理由都不是因为害怕笙一郎手里的枪。

他们停步的唯一理由是眼前的笙一郎实在太过凄惨,他目光颤抖,即将崩溃,如此不堪的模样,让他们难受得无法进一步去逼迫他。

"梁平……我希望你替我去两个地方。"

"再不回去,你母亲会感冒的。"

"那个死在前方绿地、烫伤自己女儿的女人家里,还有六月第一周在多摩川下游被发现尸体的那个女人的家属家里,你能去告诉他们凶手已经死了吗?如果他们以为杀害至亲的凶手仍逍遥地活在人世,心里一定会很不舒服。虽说即使凶手死了,也绝不可能治愈死者家属所受的创伤……但至少可以告诉他们,事件已经了结,他们可以开始新的生活。"

"六月？那个案子也是你……"

"我以保险金的名义给两个家庭送了钱。如果我被抓，警察一定会公布凶手的照片，会有很多麻烦。你说我伪善也好，我不想让他们知道送钱的人正是杀害他们亲人的凶手，他们一定会受不了。我希望他们相信，那笔钱确实是死去的亲人为他们留下的，所以想拜托你以警察的身份告诉他们，虽然没有抓到凶手，但凶手真的已经死了。"

笙一郎说完，不等梁平答话，抓起麻里子的右手，让满脸疑惑的她握住手枪对准自己的胸膛："妈！动一下手指！"

"住手！"优希用力大喊，声音几近嘶哑。

笙一郎用泪湿的双眼望着优希："我要回到最初的原点！"

"你在说什么呀！"

"谢谢你。"

"鼹鼠！"

笙一郎又盯着优希看了片刻，然后下定决心，回过头去对麻里子说："妈！把我送回原点吧！即使那个世界是一片黑暗，我一个人也受得了。人嘛，本来就是一个人出生的，所以那片黑暗总有一天会变成光明。你是我妈妈，我相信你可以做到；你是我妈妈，一定可以把我送回原点。"

麻里子不可思议地看着手里的东西。

手枪的击锤翘起。

"就像拉钩做个约定。妈！"笙一郎温柔地对麻里子说。

麻里子摇摇头，身子往后缩，试图把手指从手枪里拔出。

笙一郎双手抓住她的右手腕，再次对准自己的胸膛："拉钩约定，懂吗？动一下手指！"

"住手！"优希不顾一切地冲过去。

梁平也跟着跑过去。

笙一郎立刻板起面孔，以父亲般的语气下达命令："麻里子！扣动手指！"

优希看到麻里子表情僵硬。

她大叫的同时，只见红光一闪。

枪响了。

紧接着，从笙一郎的背部弹出一块小小的血肉。

优希的手还没来得及碰到他的肩膀，他已仰面倒地。

她立刻跪在地上，把手伸到笙一郎的头下，将他抱起。

笙一郎瞳孔放大，呼吸停止。他衬衣的胸口处有烧焦的痕迹，冒着淡淡的青烟，皮肤有一股被烧焦的臭味，后背已被打穿，鲜血如泉涌。

优希不忍心把笙一郎放在湿冷的地上，就把膝盖枕在他头下，为他做人工呼吸。由于胸口有洞，没法做心脏按摩了。

"快去叫人！"优希张望四周。

麻里子一脸惊恐地看着优希。

她手里还紧紧地握着那把手枪，颤抖着将它举起。

"住手！"梁平一个箭步冲上去，抓住麻里子的手腕用力一拧，手枪掉落在地。麻里子疼得哇哇大哭。

"快放开她！"优希大叫，看着麻里子无辜的哭脸，"她是个孩子！……她只是个孩子！"

梁平赶紧松开麻里子的手。

麻里子背靠樱花树的树干，张大嘴巴哇哇大哭。

"快去叫人！"优希恳求梁平。

梁平默默地捡起手枪。

优希紧紧地闭上眼睛。

第十五章　一九九七年初冬

当她再次睁开眼睛,只见梁平确认了一下笙一郎的尸体,声音颤抖地说了句:"混蛋……"然后朝医院的夜间急诊室跑去。

优希看着笙一郎。

笙一郎依然大睁着眼睛。优希心如刀绞。她用手指轻轻地合上他的眼睑,眼球表面的潮湿之物被盖上的眼睑从眼角压出、落下。

优希吻住那颗晶莹的泪滴。

麻里子哭得越发大声。优希抬起头,看到她向自己伸出双臂,像个孩子般地摇晃着乞求拥抱。

"过来吧。"优希把笙一郎抱在膝盖上,同时,向麻里子伸出了双手。

麻里子爬到优希身边。

优希搂住她的肩膀。

麻里子双手环住优希的身体,把脸埋在优希的胸前。

优希的脸颊贴着麻里子的头发:"没事了。"她对着麻里子,也是对着膝盖上还残留着些许体温的笙一郎安慰道,"没事了……什么都不用担心了……你没错……真的……不是任何人的错……"

优希像哄婴儿睡觉般轻拍着笙一郎的肩膀,一遍又一遍、喃喃地重复道:"我明白,不怪你……"

终章

一九九八年早春

1

濑户内海的海水在近处尚属蔚蓝、平静，可一出海湾，便立刻变得昏黑、压抑、呼啸翻滚。

有泽梁平从山口县柳井港上船，前往四国地区的三津浜港。

明天是一九九八年二月的最后一天。

天空阴沉，冷风刺骨。如天气预报所说，寒流已经抵达。

梁平来到甲板上，不顾飞溅的水沫扑上面颊，默默地注视着汹涌的波涛与远方的小岛。

去年十二月，梁平受到警告处分后，主动提出辞职。

离职前，他和优希一起为笙一郎办了丧事，并把麻里子送去了位于千叶县的养老院。

笙一郎的骨灰盒没交给麻里子，而是交由梁平保管。麻里子的担保人也由笙一郎换成了梁平。五年后，如果麻里子还活着，养老院的护理费用将由梁平负责支付。

根据笙一郎寄给伊岛的信件上指纹、血型的比对结果，神奈川县警将其认定为杀害早川奈绪子的凶手。但因为人已经死了，所以只是材料被送至检察院，没有起诉。

因为优希和梁平的证词，笙一郎的死被判定为自杀。文件记录为：笙一郎自己将手枪对准胸膛，扣动了扳机。

警方虽然调查到了手枪的来源，却没有足够的证据起诉。

关于笙一郎支付给养老院的巨款，众说纷纭，意见不一，最终不了了之。

辞职前，梁平按照笙一郎的遗愿，以神奈川县警的身份去了两名受害者的家里，告诉他们，自己此行是非正式拜访，请他们一定保密；然后告诉他们，凶手留下了向家属谢罪的遗言，已经自杀身亡。

死者家属不停地追问凶手的名字和身份，梁平以没有确凿证据为由，拒绝透露，并强调说："我知道，即使凶手已经死了，你们的悲愤也无法平复；凶手的信息无法公开，你们也一定很难过。但那个可恨的凶手确实死了，这一点，我可以向你们保证。"

梁平强忍着内心的难受，按照笙一郎的嘱托，一一说完，起身离开。

关于笙一郎给家属们的巨款，没有一个人提及，因而梁平无从得知那笔钱的来路或后续。

被伊岛问及辞职后的打算时，梁平说，会回到养父母所在的香川县。

其实他还没想好。他曾给养父母打过电话，但只告诉他们自己会辞职，其他什么都没说。养父母也只说好，没追问太多。

去年十二月末，奈绪子入土为安。奈绪子的哥哥为其在祖父母的墓地边修了一座小墓，安葬她的遗骨。那时候已经辞职的梁平特地跑去北海道，在墓前合掌祈福。奈绪子的哥哥告诉梁平，晚些时候会把父母的墓也迁过来。

伊岛本打算与梁平一同前往，却突然接了案子，没去成。

"令人唏嘘、哀叹的案件实在太多。"伊岛在电话里叹着气对梁平说。

他还告诉梁平，把年迈的母亲接到自己家一起生活后，他按照优希的建议，积极寻求外部帮助。

"把老人接来之后，我老婆非常辛苦。人都是自私的，总爱把麻烦的事推给别人,而只要对方帮过一次,自己便会想当然地觉得就该那人去做。外部帮助真的很有必要。当然,也并非尽善尽美。政府的公共服务有很多不到位的地方,民营的又都很昂贵。幸运的是,我们找到一位不错的护工。哪怕只是多一个可以商量的人,精神上也备受支持。总之,多亏听了她的建议,真想好好谢谢她。"

从二月起,无人知晓优希去了哪里。

她和梁平一起把麻里子送去养老院之后,回到多摩樱医院,按照与护士长的约定,工作到去年年底。

后来,一位与她相熟的女性患者动完手术,身体状况一直不佳,于是她又留下工作了一阵子,直到那位患者日益康复、确定了出院的日子,她才正式离职。

听说她后来去养老院看望过麻里子,但没等梁平再次去她家,她就退掉了蒲田的房子,从此销声匿迹。无论是多摩樱医院还是千叶的养老院,她都没留下任何信息。

梁平抱着一线希望,联系了位于山口县的志穗的娘家。

优希果然去过。

听优希的表哥说,两天前,优希带着志穗和聪志的骨灰盒回到山口县,拜托表哥将二人葬入志穗娘家的墓地。表哥紧急联系了当地的寺庙,为二人诵经超度后,让他们入土为安。

梁平满怀期待地询问他,优希是否还在那里。

得到的回答却是人已经走了。表哥说,优希没住在志穗的娘家,而是投宿于附近的酒店,入土仪式结束后,她以还有工作要做为由,匆匆离开。

梁平百无聊赖地过了一天又一天,定期致电多摩樱医院和千叶的养老院，始终坚信优希会与他联系。

二月中旬的某一天，梁平的公寓收到优希的一封来信。邮戳显示是从四国地区的松山市寄出的。

信上第一句话就告诉梁平，虽然信是从松山寄出的，但她现在已不在那里。信中还说，她本来想去看看双海医院，结果却没能鼓起勇气；至于石槌山，她只是从山脚仰望了一眼，没敢再靠近半步，因为实在痛苦。

"请别来找我！我需要一个人直面自己的未来。"

梁平把优希的信反反复复读了好几遍，明白优希再也不会回到自己的身边。

他退掉公寓，处理了其他物品，只留下笙一郎的骨灰和一些必需的随身用品，再把香川县养父母家的地址告知千叶的养老院，说万一有事，可以联系那里。

他本想当面与伊岛告别，却因为心里难受，最终选择打电话说再见。

"谢谢您一直关照我！"梁平向伊岛表示感谢。

伊岛没多说什么，嘱咐他保重身体。

前一天，梁平先去了志穗的娘家。

他再次向优希的表哥打听优希的下落，还去拜祭了志穗和聪志的墓。

他把笙一郎的骨灰盒装在旅行袋里，走到哪儿带到哪儿。

他也不知道接下去要干什么，但想起优希曾提过，笙一郎临终前说，想再去一次明神山的树林，所以他带着笙一郎的骨灰盒坐船来到四国。

泛着白色泡沫的浪花被黑沉沉的波涛吞没，转瞬间，消失不见。

梁平望着渡轮船尾在海面上留下的航迹,百感交集——

很多人离开了自己。他们和她们,真的曾在这个世界上活过吗?有什么可以证明?笙一郎也一样。如果自己撒落了他的骨灰,恐怕他在这个世界上曾经存在过的事实就会变得暧昧不明,无从考证。

刚过中午,梁平抵达三津浜。

很久以前,优希跟雄作和志穗曾多次来到这里。如今,梁平也来了。

梁平抱着装有笙一郎骨灰盒的旅行袋坐上出租车,先和司机打了个招呼,告诉他路程会比较远,然后问他是否知道双海儿童医院。司机点点头。

横穿松山市之后,出租车沿着国道开往双海医院。道路已被修整,路两边多了很多屋宅和高楼。

距离医院最近的车站也已翻新屋檐,车站前的那家杂货铺已改成了便利店。

出租车驶入通往医院大门的道路,梁平顿时紧张起来。明知道当年的工作人员不可能还留在那里,却依然担心会见到很多熟悉的面孔。

医院大门还是老样子。墙壁原本是阴沉的灰色,现在换成了亮眼的柠檬黄。梁平在医院主楼门前下了车。

进入玄关前,梁平环视整座医院。墙壁都被重新粉刷过,让人感到焕然一新。与以前相比,似乎小巧、整洁了许多。

原本很大的停车场,现在看起来也变小了很多。梁平心想:现在若有谁想扎轮胎,肯定立刻被发现。

梁平朝附近的山上望去。新绿尚未萌芽，冬天的枯枝显得特别扎眼。常绿树似乎也比以前少了很多，整座山看起来比以前矮。

走进医院，梁平感到暖气十足，只得脱下大衣。

挂号处和候诊大厅还在原来的位置。不过挂号台的内侧多了很多以前没有的自助机，候诊大厅的沙发也都换了新的。

候诊大厅里的孩子与父母，除了衣服的款式，感觉和当年完全一样。孩子们都无精打采，家长们也都疲惫不堪。

小卖部还在老地方，感觉重新装修过，显得比以前宽敞了些。很多穿着病号服的孩子聚在里面，比候诊大厅里的那些孩子精神多了。和以前一样，摆着漫画的地方依然很有人气，但现在更受欢迎的是新增的游戏机。

梁平装作患儿家属的模样，大摇大摆地往里走，但每当与护士擦肩而过的时候，他都会产生回到儿童时代的错觉，一下子心慌不已。

八号楼还在老地方。外墙被重新粉刷，令人眼前一亮。

梁平绕着病房楼转了一圈，无法判断这里是否依然是精神病科，但看见几乎所有窗户都拉着窗帘，二楼的阳台还和以前一样围着防止有人跳楼的蓝色的网。

梁平绕到病房楼的后面。病房楼与墙壁之间种着的紫薇树仍在，只是叶子落光，只剩下光秃秃的枝干。

梁平站在病房楼北侧的墙壁前。当年孩子们留下的绚烂色彩已然消失，取而代之的只有干巴巴的涂白。

梁平记得自己画的是蜡烛的火苗，笙一郎画的是在大樟树的蓝色水流中欢乐畅游的长颈鹿、鼹鼠和海豚，优希是从墙壁的一端到另一端画了一条笔直的白线。

想当年,八号楼的孩子曾饱含感情地在墙上描绘出栩栩如生、跃然入目的色彩与形状,那幅巨画现在只留存于记忆中。

梁平又来到净水塔前。曾经褐色的表面如今被涂成了水蓝色,形状仍和以前一样。刚才看到许多设备,感觉都比记忆中的小了很多,唯独这里的净水塔,依旧高大,必须仰视。

优希居然从那么高的地方跳下来!完全有可能当场摔死!现在想想,还是觉得好可怕。

梁平听见几声猫叫,循声看到一只胖胖的三色猫正待在净水塔下。梁平心里咯噔一下,定睛端详,竟觉得与当年那只野猫极为相似。梁平试着吹了几声口哨,没有项圈的野猫不屑地扭脸转身走开。

养护学校分校的教室也还在老地方。梁平听到下午上课的孩子们的读书声,还有笑声和歌声,如此明快。仅从声音判断,根本不会想到他们身患疾病或有障碍。

运动场上一个人都没有,梁平觉得这里好像也比以前小了。存放体育用品的仓库仍在老地方,不过原先的木结构建筑变成了板房。

梁平绕到仓库后面,墙上的金属网也换成了新的。曾经个头矮的他需要踮起脚尖才能勉强看到外面,如今网的高度只到他的胸口,他可以轻松地看到墙外的那片大海。

梁平觉得看见的沙滩也比以前小了。在他的记忆中,海浪拍打沙滩、海天连成一片的景象曾是那么壮观、宏大,但如今看见的海与沙滩实在太煞风景,暗淡无趣。

梁平试图找寻第一次遇见优希的地方。他依稀记得在某个位置，印象中那是一个流光溢彩、波蓝海清、潮水喷香的地方，然而现在所见之处完全无法与记忆中的场景匹配。

梁平离开医院，朝明神山走去。

登山道入口处的农家都翻修一新，院子里种的樱花树尚未萌出花蕾。

他们在那个暴风之夜爬上山时的那条山路感觉比当年窄了很多。不过，也许是因为身体已不如少年时那么轻巧，梁平爬山的时候感到坡度比记忆中的要陡。

登山治疗过程中一直作为休息点的场所也还在老地方。梁平尝试朝里走，找寻莓果。

然而，当年的那片树林已遭砍伐，不再茂密，徒剩凄凉。曾经蔓藤交错、绿草悠悠、充盈着魅惑氛围的空间已消失不见，不会再有任何地方长出莓果。

梁平回到登山道，继续向上爬。快到山顶时，已是气喘吁吁、大汗淋漓。他脱掉大衣搭在小臂上，想休息一会儿再继续，忽然听到山顶传来热闹的人声。好奇心驱使梁平加快脚步。

越接近山顶，名叫柳栎的橡树就越多。穿过两侧植被蔽日的道路，眼前豁然开朗，抬头可见云彩朵朵的天空。

山顶的风景，似曾相识。眼前是一片矮草丛，靠海那一边有几条长凳。

梁平看到边上有一群小学高年级或初中生模样的孩子。

他们大多穿运动服，背着抽绳式背包，一共二十人左右，在大人们的指令下正在排队集合。

并非所有孩子都乖乖听话。有几个只顾玩耍的孩子不肯归队，大人们只得在后面费劲地追着、喊着。

终章　一九九八年早春

梁平退到不容易被注意的位置，静静观察。

有的孩子一直低着头，对大人的话置若罔闻；有的心神不宁，视线飘忽，不停地张望四周；有的呆呆地盯住一点，眼神放空；有的看起来个头比梁平还高，却在吮大拇指；有的一个劲儿地抖腿；有的不停地用手帕擦手；还有的始终黏着边上的成年女性。

看着这些退守在自己的世界中、渴望自己的存在获得他人认可、竭力表达诉求的孩子，梁平的心悸动不已、思绪万千。

刹那间，他甚至产生错觉，认为自己应该排入他们的队伍。

"长颈鹿！"队伍中的一个孩子突然对着另一个坐在长凳上不肯起身的少年叫了一声。

长凳上的少年应声回头。他的脖子很长，站起来之后，个子很高，给人的感觉确实符合"长颈鹿"这个绰号。

少年磨磨蹭蹭地排入队伍。

所有孩子到齐后，队伍最前方的一名成年男子说："我们现在回医院，好吗？"有人说好，有人不吭声。

队伍出发了，孩子们朝登山道方向走去。看起来像护士的成年男女在队伍的前后敦促大家保持队形。队伍中有几个人看到了站在一边的梁平，却几乎都选择了视而不见，只顾迈步。

梁平目送孩子们下山后，坐在靠大海那一边的长凳上，打开旅行袋，取出用厚布包住的骨灰盒，正对大海置于身旁。

他眺望大海，祈祷能再次见到那个暴风雨之夜他与鼹鼠一起见到过的龙之云。

昏灰多云的天空与黯然无光的大海之间，界限并不分明。日光混沌，波光无辉。

梁平低下头,从西装内袋中掏出优希的来信。

因为曾反复翻看,信封和信纸都已变皱。

信的第一句是让梁平别去找她,之后则是一段较为抽象的表述:

  和那些世界级的悲剧相比,我们往往会把自己日常生活中的悲伤或过错当成无聊的小事。然而,平淡无奇的生活中接踵而至的问题真的与那些世界级的悲剧毫无关系吗?我觉得很多情况下,二者是同根同源、相互关联的。

  也许是因为我自己总会心系一些微不足道的小事,才有这种听起来有些牵强的想法。不过,我的现实是每天忙于工作,根本无暇为小事烦恼或生气,也做不到对身边人那些非日常的悲伤或难过表达足够的关心。

  我觉得自己的生活根本称不上是真正的、自身的现实。受过的伤、犯过的错,让我被罪恶感压得喘不过来气。即使想认为那是现实,却总会出现歪曲或勉强,最终膨胀成幻想的色调……

  用这双手抱紧我的现实,抓住真的自我,那样的日子何时才能到来?

  以前我一直觉得很无望;可现在,我相信这一天终会来到。我是经历了很多悲惨的遭遇,但另一方面,我也确实得到了很多人的支持。我不能一直躲在空虚中,必须接受自身的现实。我希望自己能为此不断努力。

  为了实现这一目标,绝对不能再有秘密或谎言。伊岛先生也对我说过同样的话。虽说有时候,心里藏得住秘密会被夸奖像个大人，但我觉得正因为每次遇到悲伤时，我们总用秘密或谎言去应对，才导致了更大的悲剧。

即使说出真相可能会让周围的人难过，也不再借助秘密或谎言来逃避；即使说出真相可能招致更大的悲剧或恶果，也要有勇气去接受——达到这种境界时，也许才算是真正的长大。

对不起，还有一件事，我对你说了谎。

到这部分为止，算是铺垫，之后，优希坦白了关于志穗遗书的真相。

我妈妈真的是自杀。聪志发现遗体后，还发现了那封遗书，精神上受到巨大的刺激，纵火烧了房子，这些也都是真的。不过，我并没有烧毁我妈妈的遗书。现在，我把那封遗书一并寄给你。等你看完，请用你觉得最好的方式处理掉。

梁平从另一只信封中抽出志穗的遗书。
展开信纸，隽美的行书跃入眼帘，比优希的字更漂亮。
遗书的前半段内容与优希说的并无太大差异。关于自杀的动机，她说是因为再也受不了沉重的罪恶感，身心俱疲，孩子们已经长大，自己算是完成了使命……
然而，有一个事实，与优希所述相左。

对不起，优希。我本来想至少等你们都过上幸福生活的那一天……我这个做母亲的，到最后也没能为你们做什么。你被那个男人糟蹋得那么惨，我却没能救你；明明你都告诉了我，我却没有相信你。

我唯一做成的就是杀死了那个男人。

在那座山上，走到半路时，我已经发现你有心杀他。看着你犹豫不决的模样，我这一生中第一次下定了决心。

我曾经做过什么？……作为母亲，我为你做过什么？你已经那么苦了，我怎么能让你再背上杀父之罪……

想到这儿的瞬间，我的身体不由自主……

虽说雾很浓，但听声音，我能判断出他在什么位置。我完全没有考虑自己也有可能掉下去……不，我想的是：即使和他一起掉下去也无所谓。在白色的雾团中，看到他肩膀的一刹那，我伸出手，用尽全身力气推了出去。最后时刻，我仿佛看到他回过头来，睁大眼睛瞪着我……

也许那只是我的错觉，但那个男人惊恐瞪大的眼睛已在我的脑海中刻下深深的烙印。

自那以后，那双眼睛一直令我备受煎熬，毕竟他曾经是我的丈夫。

优希，是我把那个男人推下去的，你早就知道了吗？……还是，你一直都不知道？

我很想问你，但始终没敢问。我很害怕。如果你以为那只是一起事故——我曾经觉得那样也挺好。

请原谅我的软弱，在最后时刻才向你说出真相。我想忏悔。我早已不相信神明……但至少想乞求你的原谅。

对不起，优希，我没能保护好你。你拼了命对我说出的事实，我居然没有相信。而且我害你和聪志没了父亲，这也是事实，让你们因为单亲家庭而吃了很多苦。这一点，也希望你能原谅我。

我必须向你坦白，杀了那个男人之后，我感到的不只是痛苦和难受，还有复仇成功后的些许快感。因为他曾是我的丈夫……他的所作所为也是对我的背叛，更何况他糟蹋的是他的亲骨肉，实在可恨至极。

可是自那以后，我时刻都觉得自己是有罪之人。我有杀人的罪、没保护好你的罪、没相信你的罪、连累什么都不知道的聪志一起受苦的罪。我想赎罪，所以每天都很努力。我希望自己能坚持到聪志就业、你结婚。

虽然你已经长大，却依然重伤未愈。你对男人极度恐惧，我明白这也没办法，毕竟你儿时的遭遇太过凄惨。你的少女时代完全被毁了……不，那种事足以毁掉你的一生。

每次听到你说坚决不结婚时，我都会感到自己的原罪之心被狠狠戳痛……

之后的内容与优希说的基本一致——担心会对过去刨根问底的聪志，忧虑优希和聪志的将来，叮嘱二人要注意身体，祝福他们今后生活幸福……

遗书的最后这样写道：

优希，最后还有一件事要告诉你。

你不会到现在还以为你和那个男人的事是因为你自己不好吧？这是我最担心的事。如果你不再责怪自己，那就没事了；但如果你仍怀疑是你自己不好，请你一定要相信我——

绝对不是你的错，全都怪那个男人，是那个男人有罪。虽说那个男人也许有他自己的不堪过往，但那和你没有一点儿关系。如果当年的我是个称职的母亲，那种事就应该不会发生，发生后我也应该制止。作为妻子，作为母亲，我都有罪。

作为孩子的你，完全没有错，绝对不是你的责任。你一点儿都不脏。你一定要相信！你的灵魂纯洁如初。

我从很久以前就怀疑自己是否真的懂得爱。杀死那个男人之后，这种疑惑变得更加强烈。然而在写这封信的时候，我可以清楚、切实地感受到，我是爱聪志的。

还有，优希，我爱你！

我发自内心地感到你们比什么都重要！

永别了。对不起。

梁平把志穗的遗书叠好，装回信封。

他再次打开优希的来信。

你能想象当时聪志看完遗书受到的打击有多大了吧？父亲把姐姐……母亲把父亲……比起我妈妈的罪过，我更恨她的轻率。干吗要留什么遗书？谁要她告白什么罪过？至少她应该考虑到聪志有可能比我先到家……

当然，我妈妈如果有工夫想得那么周到，就根本不会自杀。我能理解我妈妈长期被痛苦折磨、已达极限的心情。但是，一想到聪志……又觉得好恨。怎么会变成现在这种无法挽回的结局？

不过，这封遗书真的救了我。

对于是不是我杀了爸爸的问题……在那之前，我并没有切实的把握，不确定自己当时是否真的碰到了他，但我一直以为只可能是我，也一直因为这种负罪感而活得极度痛苦。我想赎罪。

我妈妈的遗书让我确认自己没有犯下杀人罪，但这个事实对我来说根本无济于事，因为我的存在，我妈妈成了罪人。我妈妈为我着想，作出了一个母亲会作的选择，杀了那个男人来救我，这让我感到非常欣慰；但同时，因为死的是我爸爸，我又很自然地会感到难过。明明我妈妈救了我，我却无法释怀。这种结果真的太悲惨……

好在，我妈妈最后告诉我，我爸爸做的那些事都不是我的错。

这番话，其实是当我还是孩子的时候最想听到的，也是我在告诉她事实后曾经想立刻得到的安慰。类似的言语，你和鼹鼠都曾对我说过，但我还是最渴望由我妈妈来告诉我。虽然时间有些晚，虽然程度只有一点点，但我确实因此得到了救赎。

最后，我非常感谢——

你和鼹鼠。

我这辈子都不会忘记，你们对我说过的话。

对已经失去双亲和弟弟的我而言，真正支持着我的，是那时候你们的由衷之言。我觉得，或许这世上的所有人都是在为了寻找那样的话而活着。

希望在明神山的树林里我们手牵手互相鼓励的那些话支持我继续成长。虽然目前的我毫无自信，也许永远无法长大……

或许我应该选择和你一起努力成长……但实在太难过，实在做不到了。那天夜里，我同时背叛了你和鼹鼠。不过我并不后悔，也告诉自己不要以此为罪。

我希望今后能够一个人或遇到同样祈求成长的另一个人，彼此支持，抛弃从孩提时代延续至今的卑微活法，努力去接受真正的现实。

我对自己的成长怀有淡淡的期待。

再见了，长颈鹿。

谢谢你。多保重。

梁平收起优希的信，塞回信封，拿在手里握了很久。

海上刮来一股冷风，冰凉刺骨。

梁平从口袋里掏出打火机。

这是笙一郎的遗物。

他打着了火，但风太大，差点儿被吹灭。他赶紧用身体挡住风，将火苗靠向优希的信与志穗的遗书。

信和遗书燃烧得很快，火苗迅速蔓延至梁平的手指处，手一抖，剩下的小碎片瞬间被海风带走。

信与遗书在空中燃烧殆尽，化作黑灰，飞向东南方。

梁平的视线随之游移，却见神山的巅峰正从云端俯瞰山林与遥远的彼方。

他将背包和大衣都留在长凳上,只抱起笙一郎的骨灰盒,打算前往那片曾经的树林。

他来到山顶的一端,想找寻昔日的圣地,却惊诧于眼前的荒芜——向南倾斜的山面上哪里还有什么树林?

树木全被砍光,山体如遭刀削,只剩零零星星的几棵残树。朝下望去,视线毫无遮挡,可以直接看到山脚下重新铺设的道路与新盖的民宅。

梁平抱着笙一郎的骨灰,茫然地向山下走去。

曾经茂密的花草都枯萎了,徒留零星残败杂草,地面也干涸、荒芜。

太阳隐匿于云间,让人很难感觉到日光的存在。树林消失,荫蔽不再,甚至连阳光都好像被弄丢了。

梁平走到山腰一处坡度较缓、地面稍平处。

他想起在那个暴风雨之夜,自己曾与笙一郎滚到这附近的水潭,然后改变方向,前往明神山的树林去找优希。

当年的树林已荡然无存。曾经充满神秘诱惑的密林如今只剩下稀稀落落的几棵细弱枯树、砍剩的树墩、干涸的地表与贫瘠的山体。

他反复环视周围,来来回回转了好几圈,终于找到那棵大樟树被砍剩的粗大树墩。

那可是曾经被称为御神木的大樟树啊!竟也如此轻易地被砍得只剩下残桩。即使亲眼看到树墩的一部分已然腐烂,梁平依然不愿相信这是真的。

曾经的洞穴也已不复存在。

三个人曾一起待过的洞穴、洞周围的树木、根须与藤蔓,甚至连他们背靠过的山体都已被夷为平地,连遗迹都无处可寻。

粗大的树墩前面,只有长着杂草的小土坡。

梁平把笙一郎的骨灰放在樟树的树墩上,试图寻找那个洞穴曾经的位置。

他扒开枯枝败叶,用脚尖在干硬的地面踢蹭探路。

表面虽然坚硬,下面的泥土却很松软。梁平继续用脚翻土。泥土被翻松后,滚出很多小石子和枯树根。

梁平的心头顿时涌上三个人的回忆、互相安慰的语语……哀叹所有一切变成了空无。

他脱掉西装放在树墩上,挽起衬衣袖子跪在地上,拨开干枯的枝叶,拔去地上的杂草。

硬的地方用脚蹭,软的地方用手挖,即使土里的小石子戳到手指,痛到感觉指甲要被翻掉,他也咬牙忍耐,继续深挖。

他相信当年的那个洞穴一定就在附近,硬是挖了约一小时。

除了石子、腐烂的树枝与根叶,还有蚯蚓和一些不知名的虫子,都跑到地表之上。土味、泥味、捣烂的草味扑面而来。

突然,他摸到一件与石头或烂树枝触感明显不同的东西,翻开泥土一看,是一条绳子。

他继续深挖,然后抓住绳子的一端用力一拉。

绳子比想象中的还长,另一端连着一个袋子,连同一撮土一起被拔了出来。

拍掉袋上的泥土,定睛一看——

梁平的脸上自然而然地绽开笑容,喉头却渐渐哽咽,他赶紧咬住嘴唇。

他将袋子抱在胸前,带到笙一郎的骨灰旁:"鼹鼠……你看见了吗？这是你的呀！"

那是蓝色的背包。

拉链已经生锈，梁平费了好大的劲才将它打开。

先是掉出一份地图！沾满泥水，破烂不堪。这是他俩曾经为了一起逃出医院而从养护学校分校的图书室里偷出来的。

现在想来，光靠这份地图，怎么可能逃去不同于此地的另一个世界？

"你还记得吗？鼹鼠……"

是你先发现优希的。

在海的那一边，是你先看到她的。那时是五月，海水冰冷刺骨，但我们完全没觉得。

还记得吃野莓的事吗？我们仨一起把莓果放进嘴里，那股又甜又酸、带着青草味、泥土味甚至有点儿野兽味儿的果香。

刚进树林的时候，我们可害怕了。

当我们在洞穴里发现优希的时候，真的松了一口气，好开心啊。我们把毛巾盖在她身上，后来她特意洗干净还给我们。

那个暴风雨之夜，我们为了寻找优希，摔得满脸是泥。狂风呼啸，树木乱摇。

当我们把脸贴在大樟树的树干上，那股木皮的味道、苔鲜的味道、雨水的味道……

暴风雨过后的早上，树林仿佛从内部迸发光芒。我们仿佛看到了树木植被之间仙气缭绕，生灵吐息。

还记得运动会吗？我们参加了接力赛跑。一开始，你说自己跑不快，所以不想参加，是优希鼓励你一起跑的。结果证明去对了吧？

跑得快，反而没意义。跑也好，走也罢，一起才有意义。

你还记得吗？文化节的时候，大家一起在墙上画了画。那幅画还在，真的还在！即使终有一天所有的一切都会消失，只要我还活着，那幅画就会一直存在。

鼹鼠！你、优希，还有当年的长颈鹿，都还是以那时的模样存在着。

为了让那幅画、那时候的我们仨一直存在下去，我得一直活着。正如优希所说，那时候支持我们的是在那个暴风雨之夜在这里说过的话。

是我们仨都说过的那些话。

我们曾手拉手环抱樟树，泪流满面。

我们曾走进洞穴，紧握手，靠近彼此，互相拥抱，一直重复着同样的话。

鼹鼠，你还记得吗？你说过的。

优希也说过。

我们不断重复着同一句话，只有那一句话。

"活下去吧，你可以的。你是可以……活下去的。真的，你可以活下去。"

谢　辞

写完这个不能算短的故事，我脑海中首先浮现的两个词是：感谢与幸运。

读者一般只会去关注、思考眼前的作品，至于作品是经历了怎样的过程而写成的，一般没有太多人在意。然而，我想说，只出现自己一个人的署名的作品，以作者而言，实感惭愧。这个故事之所以能以目前的形式出现在读者的面前，全靠众人的支持与帮助。

一九九三年，幻冬舍的石原正康先生找我谈约稿事宜，那时候，出版社甚至尚未想清楚。

与当时商谈的不成熟方案相比，最终的篇幅和品质实现了值得被认可的极大提升，这都是因为得到了众人有形或无形的支持。比如因前作而结缘的、充满热情的编辑与校对老师，他们所教授的，在这部作品中也有所活用；因为前作意外获奖，令我在这部作品的漫长写作期间无论在经济上还是精神上都获得了支持。虽不敢妄称不负评审专家们的厚望，但想要回馈众人的念想一直在支持着我。这些都是事实。

能与幻冬舍相遇，是我的幸运。

约定的截稿日早已逾期，篇幅远超计划，幻冬社却以作品为本，接受我的稿件，并以贴切的形式将其展现在读者面前——这真的是很多人努力的结果。

石原正康先生、永岛赏二先生等众多编辑及校对老师给予了我很多中肯的意见和建议，特别是从执笔前就开始为我"陪练"的大塚瑞子,她的感性与判断力对这部作品有着深远的影响。

我还要感谢印刷、制版方的倾力劳作。

家人、亲朋、友人等周围的人给了这部作品非常大的助力,其中并非只有生者。在写作过程中,我痛失好几位重要的朋友,但感受到的不仅是难过、悲痛,更多的是一次又一次地被逝者激励、鞭策。

很多人接受过我的采访,对我的无礼提问都认真回答。我受益于很多他山之石,请原谅我无法一一列举所有参考文献。

我在文中直接引用了下列作品,深表感谢:

《哥德格言集》(高桥健二编译/新潮文库)

《卡尔·雅斯贝尔斯哲学思维学堂》(松浪信三郎译/河出书房新社)。

装帧被喻为联接读者与作者的窗口,这次的装帧非常出色。请允许我向负责设计的多田和博先生、同意我使用其纯真深刻作品的舟越桂先生及诸多相关人士表达深深的谢意。

最后,感谢读者的大力支持,让我有机会在各种场合听到读者之声。每一位的声音都是对我容易陷入不安的孤独写作的大力支持。

就像经历过突然发生的悲痛之事那样,我深感能活着写成这本书实属幸事。因此,我并非单独对某一个人,而是想单纯地、广泛地表达感谢之情。

以结果而言,这部作品所获得的正是每个人活下去都必需的支持。或者可以说,是近似这部作品中的每一个登场人物活下去所必需的力量。

特别声明：作品中即使是以全名出现的场所也皆为虚构。

关于灵峰，若读者有意前往攀登，请务必心怀虔诚，因为那确实是大众所珍视之地。

天童荒太

一九九九年一月

致读者的报告

因迄今为止的作品数量较少,为了使拙著能以文库版形式出版,有些作品添了很多笔墨,比如《家族狩猎》的单行本与文库版就可谓完全不同的作品。

《永远的仔》对我而言是一座重要的里程碑,不仅是作为作家,更是作为一个人。在这部作品中,有着我与读者之间的深厚信赖。我知道有很多人支持《永远的仔》这部作品。

因此,文库版最终得以基本保留与单行本同样的内容,故事情节、人物刻画、主题等都没变。

不过,请允许我向大家说明以下几点:

单行本的上卷第31页上半段曾有这样一句描述:"打完点滴的优希用脱脂棉压在手臂上轻轻揉按。"很多读者来信指出,刚打完点滴不能揉按。之后虽然马上修正,但还是有部分版本保持了原样。另外,对于之前的印刷错误、容易引起误解的表记等,在这次的文库版中进行了最低限度的修正。

另外,单行本与文库版每页的字数与行数也有所不同。

单行本是在看到专用校正刷(样板)之后,选择需要换行的地方或必要的用词。虽然会优先考虑作品的内容,但也要考虑整页阅读时的易读性。顺便提一句,单行本的序章为45字乘21行,之后分为上下两栏,即每栏25字乘21行。

而文库版的序章为37字乘16行,之后为41字乘16行。阅读时能很明显地感觉到与单行本的排版不同。这是因为字数与行数改变了的关系。

当时真的很苦恼,不知该如何处理。与编辑商量后,决定和单行本一样,优先考虑阅读的易读性,同时注意保持内容与文意不变,仅作微调。

同时,增加了注音部分。有些评论认为,注音越多,越不易读。但我们作出增加注音的决定,是希望更多的读者不致误读。敬请谅解。

以上与通常所说的增补修订有所不同,至多只能说是对文库版出版时所作的微调的报告。希望大家能理解我们的用心。

文库版后记

每次看到《永远的仔》这个书名，心中都会百感交集。

也许说"时不时"更为准确。

并非期待被理解，而是对受伤感到恐惧。在我的内心，优希、梁平和笙一郎至今都在。

虽是已获得很多人认可的作品，但哪怕有一行字，甚至只是一个词得不到理解，我都会感到她与他们的失落、无措。这也许是生活于这个社会中、内心受过伤的人的某些真实写照。

也许我的神经过于敏感了。"这世上还有受了更多苦的人，所以别管你的伤口了，向前看，加油吧！"如果有人提出这种建议，我觉得也没错。

优希、梁平和笙一郎都是那种接受了不堪遭遇、喃喃地说一句"不过呢……"的人。但是，那些因为某些言语或行为而受到的伤害、挫折与失落并不会凭空消失。

如何才能不刻意地闭上面朝内心的眼睛，不采取无视的态度，而是一边接受伤痛，一边向着于人于己皆宽容的路标调整个人的方向？我至今都在与优希他们一起思考着这个问题。

很多读者给我寄来了信件、邮件、读者反馈卡等，真的非常感谢。一句"感受到了"是对作者与编辑最真实的鼓励。

因读者的反馈而从内心感到同样激动的还有优希、梁平与笙一郎。他们一直都很不安，内心摇摆不定。"我们会被大家接受吗？""我们的故事会被谁、以怎样的形式接受？"因此，读者的一句"感受到了"会让他们心潮起伏。

一位读者曾感言"想要活下去"。他们仨听了一定会点头称是——啊，只这一句便已足够。况且感言"想要活下去"的读者多得令人震惊。

我觉得是作品的最后两行，从读者到他们仨，再到作者与编辑之间，循环地产生了影响。对此，我表示衷心的感谢。

寥寥数行的读者感言，充满了人性的美、真诚与温暖，让我感受到"人类的美德"。我觉得社会应该更积极地宣传这一点：有很多人苦恼于如何认真地活，也拼命地摸索着与他者的共生之路。

来信中，还有很多提问。二〇〇〇年，我曾在幻冬舍的官网上回答过一部分，但还是有漏答的问题，也有不太上网的读者和最近才读到这部小说的读者，所以请允许我在此回复。

首先，从我无法回答的问题开始。

有读者问到了表现意图、登场人物言行的真正用意等。

我的工作是在小说这一形式中思考、苦恼、表达思想与意见。通过登场人物所获得的想法都已经写进了小说里。

小说会反映同时代人的想法和某个国家或地区历史、文化方面的意识形态，这些内容都会在读者心中进一步生长、变化。如果读者不知道该如何理解作品中所表现的，"不知道是怎么回事，想知道真相"，请不要急于寻求答案，希望大家能在心里保持这种质疑、苦恼与纠结。苦恼、纠结、持续思考……我相信这是每个人的重要权利，是我们的珍宝。

若能一直保持质疑与纠结——不仅限于对书籍——可能会在几个月或几年后突然获得不一样的答案或见解。

我把登场人物所受的伤当成自己所受的伤，在日常生活中的每一天去尽力呈现"永远的仔"。我努力将那些自然产生的感情与层层叠叠的念想、叹息、眼泪、思慕、憎恶、焦躁等所有一切，尽可能不含糊地写出来。

优希等人的每一句话或每一个想法中到底包含着怎样的意图？登场人物真实的愿望或祈求到底是什么？……我觉得当它们进入一部作品后，就不该由作者予以说明，而应该由每一位读者去经历和感受。不同的读者会有不同的理解……无论是作品还是人生，皆是如此。

作为读者，请珍惜各位的感受与想法。同时，也应该给自己留有空间，允许自己的答案不断地变化、成长。

话虽如此，有些事情还是在此郑重声明，不希望读者误会。

我想告诉大家，在我的内心，优希、梁平和笙一郎至今都在呼吸、存在并与我心有戚戚。

这绝不是出于什么"受过虐待的孩子做了父母以后一定会虐待自己孩子"的心理。据说很多对孩子施暴者都是曾经的受害者。以统计数据而言，这类人的比例的确很高。然而，被施暴者未必会去施暴。即使受过严重的虐待也依然下决心绝不对自己的孩子动手、把孩子好好养大的人有很多，我身边就有不少。

而且，内心受过重创者并非一定不能获得幸福。

很多读者来信说，因为有人支持自己，所以现在很幸福。其中有些读者和优希一样，曾入住特殊的医疗机构。

只有极少数人会消极、否定地认为，一旦受过重创就没法获得幸福，也不能拥有自己的孩子。请允许我郑重地重申，很多人即使受过虐待,也仍在努力不让悲剧重演。还有读者反馈说,看完《永远的仔》,更加坚定了这样的决心。

我这么说,并非想怪罪那些虽然难过却还是走上父母老路的人,并不是想让他们讨厌自己、觉得自己没用、背负罪恶感,也不是想让那些面对幸福而胆怯止步的人误以为自己低人一等。我希望这部小说能让那些没有一再遭受虐待、已经得到幸福的人去靠近那些受到父母过错诱惑的人、担心自己会走父母老路的人以及受困于过往伤痛而不能自拔的人。

我希望那些人不要急,慢慢来,首先学会原谅自己。

我曾经收到过一封来信,请允许我在此摘录:

> 我不再犹豫到底该不该生孩子了。
> 读这部作品时,我重新回忆起一度遗忘的、儿时受过的伤害,但不再感到痛苦。
> 终于,我开始想生个孩子了。

这样的来信让我们获得激励与勇气。

我觉得加害者终有一天会有现世报。有的人无心地犯错而被深深的罪恶感苛责,有的人却完全不把罪恶当回事……无法认真感受受害者想法的加害者真的很可悲,且现实地存在着。这样的人,如果能受到法律的制裁,应该算是大家喜闻乐见的吧?

然而受害者很难有喜笑颜开的结局。

请想象一下,如果对你来说很重要的人因为遭受某人的暴力而突然殒命,你会怎样?

如果你是男人,请发挥想象力,思考一下:如果你被性侵,你会怎样？（请不要忘记，性侵的受害者未必只有女性。）

你是否已经能想象，要迎来发自内心地笑出来的那一天，真的需要漫长的时日，且需要很多人的支持。

失去重要的人之后，即使偶尔会笑，随后也可能会为自己的笑而感到内疚，甚至也许会责怪自己——那个人已经不能再笑了，自己怎么能为无聊的事而笑？

要转变这种心态，自然需要时间，更需要有力量的话语和温暖的支持。不仅仅简单地同情受害者，而且设身处地、深一层地反复为他们思量。

接受对方的痛苦，这一行为本身也很痛苦，因为实在难以承受，甚至连想都不愿意去想。

受害者的现实是——那种甩不掉的重负会逼迫他们想逃向没有痛苦、没有意识的世界。我觉得如果设身处地地为他们着想，应该无法轻易地说出鼓励的话，也无法简单地说出"时间久了就会忘记""迟早可以开朗地活下去"之类无关痛痒的话。

对于遭受痛苦和伤害的人，重要的是理解那种令他们"无能为力"的现实。

想为他人出力，想对他人有所帮助，这是很棒的想法，但有时也会被当成傲慢。有些人会因为被他人过于积极地侵入内心而感到难受、窒息、伤得更重。并非想救人就能救成。诚实地做好自己的事情或采取生而为人必须采取的行动，最终，应该可以听到别人对自己说"得救了""受到鼓励了"……承认自己的无能为力虽然很难过，但我更担心那些对自己的无能为力和无知毫无感觉的人，这些人的行动反而会导致可怕的后果。

"虽然我什么都做不了，但切身地感受到你的痛苦。"

面对身心负了重伤的人，作为与他们活在同一时代的人，应竭尽全力去回应、接受，去理解拯救人心绝非易事，去为痛苦、悲伤之人的哀愁反复思量……

我相信其中存在着名为希望的、人性善的光芒。

关于日文原书名《永遠の仔》，自发行以来一直有人来问。我曾在接受杂志采访时回答过这个问题，在此，再次郑重说明。"仔"这个字常用来指小马、小狗等动物的幼崽。小说中出现过仓鼠，其幼崽使用的就是"仔"这个字；在其他情节中出现的小猫、小狗也用"猫仔""狗仔"这样的表述。相信不少读者已经注意到，小说中，动物的孩子都是用"仔"这个字。请大家回想一下：在第一次出现仓鼠的情节中，仓鼠仔是怎样黏着大仓鼠的？在现实生活或电视节目中，大家也一定见过类似的情景吧：动物的幼崽刚生出来的时候，眼睛还看不见，却拼命找妈妈的奶……

作为贯穿整部作品的形象，我想到的始终是刚出生、看不见却拼命钻着、蹭着找妈妈的奶喝的动物幼崽。

我觉得，人也是动物，任何人在内心深处都对父母渴求着绝对的爱。即使长大成人，即使到了被称为高龄者的年纪，无论是名人还是罪犯，无论是否有德望……人这种动物，始终在心底渴求着父母或相当于父母的人给予自己的、绝对的爱与认可。换言之，正是小说的最后两行所表现的深深的肯定。

因此，我在这部作品的书名中使用在日文中意为动物幼崽的"仔"，不仅因为"子"字加"人"字旁的这个汉字本身就很美，还因为它与作品中重视共感、共生的主人公非常契合。

很多读者的来信让我相信，现实中有很多人受过各种伤害，内心隐藏着难以向人诉说的悲哀与寂寞，也因此更加期待活着的每一天都能被爱。

很多读者虽然身心受到重创，却依然努力生活。这让我切实地感受到震惊、哀伤、无奈和勇气。

另外，很多读者表示，他们对受害者、内心负重伤者怀有强烈的共鸣。希望那些对活着感到不安、窒息的人能了解这样的事实："不止你一人"，很多人都非常理解、体谅你。

读者的来信让我发现了诸多深层的意义，也获得了进一步的成长。这足以证明，读者拥有影响、鼓励、支持他人的力量。

我没有遭受过优希、梁平和笙一郎所遭受的虐待，却有过类似的内心体验，也很多次被他人所伤。我并没有克服所有伤痛，有些旧伤至今无法愈合。很多次，我因很久以前的事或最近的心结而辗转反侧、夜不成寐。

我一直与伤痛同生、共存，今后也一定会"旧伤刚好又添新伤"地活下去。即使对方无心伤害，也依然可能导致我受伤；同样地，即使我无心伤害，别人也可能因我而受苦。

这是活着就无法避开的罪。

因此，我想活在《永远的仔》的世界中，思考更多的生。因为优希们的心是活着的，才能有意识地去思考生的沉重。当然，以前不想这些问题的自己活得更轻松。

现在的我已不是为个人而生、而工作了。

今后也不会忘记读者们的话语，继续努力写作。

以上是我以汇总的形式对一些主要问题的回答。其实，小说家本不该在作品以外说太多，但我觉得有义务回答关于这部作品的提问,所以写了这些。

希望第一次读到这部作品的读者在理解小说内容时,不要因为这篇《后记》而受到过多的束缚。

请好好保重无可取代、极其重要的你自己!

请好好守护对你来说重要的人,多关心对方,告诉他或她:"有我在!"

为了你自己,为了等待着你的那个人,也为了等待着你的那段人生,衷心祈祷大家都好好地活着。

文库版的发行得到了很多人的帮助。

幻冬社员工们的辛勤工作满载着对这部作品的尊重、热情与重视。

衷心感谢最能理解这部作品的见城彻先生与石原正康先生。

特别感谢为了我与本作屡屡放弃假日、尽心尽力的永岛赏先生。比起我自己,我觉得是优希、梁平和笙一郎更想对他说一声"谢谢"。从他的倾情付出中,我能感受到他对《永远的仔》无私的爱。

装帧方面,继单行本之后,再次获得舟越桂先生对使用其作品的同意。与舟越先生的相识是《永远的仔》所带来的幸福之一,他非常爽快地同意我使用不同于单行本中所使用的他的作品。在此郑重感谢舟越先生与西村画廊的诸位。多田和博先生完成了"延续单行本风格地设计出五卷本"这一艰巨任务,达到了艺术美感的新高度。

请允许我再次向对作品提出诸多建议、意见的读者致以最衷心的感谢。你们的声音不仅让这部作品,也让我不断成长。

感谢在单行本发行时曾以各种方式宣传、介绍过这部作品的各届人士以及努力搭建其与读者之间桥梁的书店的诸位。

这部作品的诞生实在得益于众人的帮助与支持。

另外，关于作品中"女护士"（日文：看護婦）、"男护士"（日文：看護士）这样的称呼，日本已于二〇〇二年三月起改称"看护师"（日文：看護師）。但我觉得，如果在作品中进行改动，也许会造成误解或混乱，所以还是选择了一九九七年时的称呼。此外，单行本发行后，随着市、町、村的不断合并，作品中出现的有些市或町现在已改了名称。同样为了避免混乱，作品中使用的都是当时的叫法。其他关于称谓、文化、风俗等用词，也以此为标准，进行了选择，敬请理解。

本作问世后，我听说很多人去爬了灵峰。今后，也请勿忘虔诚之心地小心攀爬。

最后，期待以新的作品与大家再见。

天童荒太
二〇〇四年十月

主要参考文献[1]

以下为单行本出版时的主要参考文献。请允许我省略对作者的敬称。

《温柔小孩的精神科》(佐藤尚信、矢野彻著,星和书店)

《精神病院:医疗的现状与界限》(仙波恒雄、矢野彻著,星和书店)

《儿童精神科病房》(瓦莱丽·瓦勒雷著,宫崎康子译,青土社)

《DSM–III–R 精神障碍的分类与诊断手册 第2版》(美国精神病协会编,高桥三郎、花田耕一、藤绳昭译,医学书院)

《象征的实现:分裂病少女的新精神疗法》(M.A.舍海耶著,三好晓光、桥本弥生译,美铃书房)

《杀死灵魂:父母对孩子做了什么?》《禁忌之知:精神分析与孩子的真实》(爱丽丝·米勒著,山下公子译,新曜社)

《疯癫与家族》(R.D.莱恩、A.埃斯特森著,笠原嘉、辻和子译,美铃书房)

《自己与他者》(R.D.莱思著,志贵春彦、笠原嘉译,美铃书房)

《被打开的病房:在三枚桥病院的尝试》(石川信义著,星和书店)

《讲述精神病院:从千叶病院·三枚桥病院的经验说起》(仙波恒雄与石川信义的对谈,星和书店)

《精神治疗的备忘录》(中井久夫著,日本评论社)

《必修精神医学第2版》(笠原嘉、武正建一、风祭元编,南江堂)

《治疗恐慌性障碍的实际情况》(D.H.巴隆、J.A.瑟妮著,上里一郎监译、山本麻子等译,金刚出版)

---

[1] 因大多参考文献并无中译本,书名皆为直译,仅供了解大意。

《家族心理学入门》（冈堂哲雄编，培风馆）

《纪实报道精神医疗》（熊本日日新闻社编，日本评论社）

《恶行与家属疗法》（团士郎等著，密涅瓦书房）

《现代临床心理学》（台利夫、小川俊树编著，教育出版）

《病院心理临床》（中川贤幸、藤土圭三编著，有斐阁）

《精神病院的思想与实践》（广田伊苏夫著，岩崎学术出版社）

《紧急呼叫：精神病人事件是突发的吗？》（野田正彰著，每日新闻社）

《与心病者一起》（稻地圣一著，近代文艺社）

《青春期内科诊疗笔记》（森崇著，讲谈社现代新书）

《思春期病房：理论与临床》（唐诺·林斯利著，冈部祥平译，有斐阁）

《思春期内科》（森崇著，日本放送出版协会）

《少年期的心：精神疗法所见之影》（山中康裕著，中公新书）

《思考幼儿教育》（藤永保著，岩波新书）

《儿科的孩子们》（向井承子著，晶文社）

《吾儿·此爱：儿科病房·战斗记录》（早田昭三著，神吉出版）

《儿童精神病房纪实》（佐藤友之著，批评社）

《防止虐待儿童：来自最前线的报道》（防止虐待儿童制度研究会编，朱鹭书房）

《治愈受伤孩子内心的方法：孩子在求救》（辛西娅·莫纳洪著，青木薰译，讲谈社）

《无法言说：儿童时代遭受过性侵的女性的体验》（艾伦、巴斯、路易等编，森田百合译，筑地书馆）

《止如死水的眼眸：儿童受虐待纪实》（笹谷奈奈惠等著，集英社）

《打破沉默：儿童时代遭受过性侵的女性的证言+治愈心灵的教本》（森田百合编著，筑地书馆）

《儿童受到的虐待：对孩子与家人的治疗》（西泽哲著，诚信书房）

《致敢于说"不"的孩子：让孩子学会保护自己不受暴力伤害的教育项目》（萨丽·J.库珀著，砂川真澄、森田百译，童话馆出版社）

《儿童性虐待的幸存者：实现治愈的咨询技法》（嘉丽·杜克著，北山秋雄、石井绘里子译，现代书馆）

《孩子的对象丧失：悲哀的世界》（森省二著，创元社）

《弑子的精神病理》（稻村博著，诚信书房）

《爱儿课堂：致"受伤孩子"的父母》（玛格丽特·雷伍德著，朝长梨枝子译，朝日新闻社）

《心碎的孩子》（宫川俊彦著，角川文库）

《纪实报道·精神病楼》（大熊一夫著，朝日文库）

《记录生病的心：精神分裂症患者的世界》（西丸四方著，中公新书）

《疼痛心理学：从疾患中心到患者中心》（丸田俊彦著，中公新书）

《精神科主治医师的工作：如何实现治愈》（塚崎直树著，生命2001）

《温柔的精神病理》（大平健著，岩波新书）

《他人之中的我：来自精神科医生的笔记》（中泽正夫著，筑摩文库）

《没有墙的病房：一位精神科医生的记录》（栗原雅道著，中公文库）

《精神科的诊室》（平井富雄著，中公文库）

《精神科的候诊室》（斋藤茂太著，中公文库）

《正常与异常的夹缝：警界线上的精神病理》（森省二著，讲谈社）

《家人依存症：从工作中毒到暴饮暴食》（斋藤学著，诚信书房）

《嗜好社会》（安妮·威尔森著，斋藤学监译，诚信书房）

《儿童期的内世界》（F.G.维克著，秋山里子、国分久子译，海鸣社）

《孩子的呐喊：从小儿心身症的治疗说起》（生野照子著，大阪书籍）

《巨婴·母亲：危险的"好妈妈"》（橘由子著，学阳书房）

《停不下的洗手：强迫症》（莱迪·L.拉伯特著，中村苑子、木岛由里子译，晶文社）

《破局：现代的离婚》（斋藤茂男著，筑摩文库）

《醒不了的梦：从金属棒事件到女高中生监禁杀人事件》（青木信人著，太郎次郎社）

《当母亲内心的伤痛被治愈时》（东京心理教育研究所"父母会"编，金盛浦子监修，青树社）

《一个多重人格者的告白》（让·斯莫·布里森著，大野晶子译，同朋舍出版）

《孤独与爱：我与你的问题》（马丁·布珀著，野口启祐译，创文社）

《忧郁症女性的日记：逃出心病》（高德曼–保诗、厄休拉著，鹿岛晴雄、古田香织译，同朋舍出版）

《忧郁症女性的手记：心理疗法的记录》（玛格丽特著，秋谷达子等译，中央洋书出版部）

《名叫希拉的孩子：一个被虐待的少女的故事》（托利·L.哈登著，入江真佐子译，早川书房）

《名叫泰格的孩子：一个渴望被爱的少女的故事》（托利·L.哈登著，入江真佐子译，早川书房）

《被抹去记忆的孩子》（丽诺尔·特尔著，吉田利子译，草思社）

《杀死父母的孩子》（艾略特·里顿著，木村博江译，草思社）

《说谎成瘾的人：虚伪与邪恶的心理学》（玛莎·斯托特著，森英明译，草思社）

《犯罪中的孩子：小孩子的墓志铭》（远丸立著，现代书馆）

《家人们想知道——回答来自家中有人患精神障碍者的各种提问》（GPA编，仙波恒雄监修，筱木满、吉田美树译，星和书店）

《心病：我们一百人的体验》（全国精神障碍者团体联合会准备会·全国精神障碍者家属联合会编，中央法规出版）

《imago 93-6 特辑：幼儿虐待》（青土社）

《儿童心理 98-11 特辑：长不大的父母》（金子书房）

《看护：床边的光景》（增田礼子著，岩波新书）

《护士长的笔记本》（松尾月子编著，日总研出版）

《护士的现场》（向井承子著，讲谈社现代新书）

《看护病房日记》（宫内美沙子著，角川文库）

《为了成为护士》（川岛绿编著，百利社）

《这样的我在做护士》（宫子小豆著，集英社文库）

《医院是天堂》（小林光惠著，幻冬舍文库）

《护士的活法》（别册宝岛编辑部编，宝岛社）

《护士看见了！》（别册宝岛编辑部编，宝岛社）

《护士学生版5：床边交流》（里村惠津子著，宫崎理香绘，照林社）

《明日香的看护诊所：易读学习漫画》（中木高夫原作，桐光乘作绘，照林社）

《明日香的看护诊所——易读学习漫画2》（中木高夫原作，桐光乘作绘，照林社）

《小坦子护士》（佐佐木伦子、小林光惠原作，小学馆）

《北里大学病院24小时：支持生命的人》（足里伦行著，新潮文库）

《纪实报道老人医院》（大熊一夫著，朝日新闻社）

《介护痴呆症》（三浦文夫、柄泽昭秀编，朝日文库）

《高龄者医疗与福祉》（冈本祐三著，岩波新书）

《纪实体验：日本高龄者福祉》（山井和则、齐藤弥生著，岩波新书）

《阿尔茨海默病》（黑田洋一郎著，岩波新书）

《你所选择的老年介护》（别册宝岛编辑部，宝岛社）

《律师这种人》（浜边阳一郎著，三省堂）

《纪实报道司法考试》（小中阳太郎著，日本评论社）

《成为律师/检察官/法官》（野村二郎著，百利金社）

《律师》（正木宏著，旺文社文库）

《日本的检察：最强权力的内部》（野村二郎著，讲坛社现代新书）

《律师社会：日本律师联盟与拥护人权》（山本忠义著，TBS）

《律师：在"法的现场"工作的人》（内田雅敏著，讲谈社现代新书）

《法律学的真相》（副岛隆彦、山口宏著，洋泉社）

《审判的秘密》（山口宏、副岛隆彦著，洋泉社）

《THE破产》（别册宝岛编辑部编，宝岛社）

《这才是权宜之策！》（别册宝岛编辑部编，宝岛社）

《法律漏洞全集》（自由国民社）

《股东大会》（奥村宏著，岩波新书）

《纪实：公司职员》（日本经济新闻社编，新潮文库）

《就算讨厌也能明白的经济学》（日本经济新闻社编，新潮文库）

《FBI心理分析官：逼近异常杀人者真面目的冲击性手记》（罗伯特·K.雷斯勒、汤姆·夏希特曼著，相原真理子译，早川书房）

《连环杀人犯的心理》罗伯特·K.雷斯勒著，中村保男译，河出文库）

《原初：精神病》哈罗德·谢克特著，柳下毅一郎译，早川文库）

《心之所向》（苏珊娜·塔玛罗著，泉典子译，草思社）

《拉塞尔幸福论》（拉塞尔著，安藤贞雄译，岩波文库）

《富士》（武田泰淳著，中公文库）

《建筑设计资料：保健与健康设施》（建筑思潮研究所编，建筑资料研究社）

《建筑资料：精神医疗与保健设施》（建筑思潮研究所编，建筑资料研究社）

《季刊/庭院景观设计19 特辑：医疗设施的治愈环境》（高护木出版）

《走访爱媛的自然》（鹿岛爱彦编，筑地书馆）

《中国地区与四国地区的山》（山岳图书编辑部编，山与溪谷社）

编辑为我准备的杂志、剪报、医院、儿童咨询站等机关、团体的资料、宣传册等，其实还有很多，但因实在难觅出处，所以在整理参考文献时仅列出上述著作，敬请谅解。另外，写作本作品时还参考了创作一九九五年版《家族狩猎》时的诸多文献，详细书单可参见新潮文库《家族狩猎：尚远之光》卷末。请允许我在此省略。